我和所有事物的时差

李元胜40年诗歌精选

李元胜

—— 著 ——

广西师范大学出版社
·桂林·

小阅读·文艺

目录

追赶所有事物的时差·1986 · 1989

那幅画

那幅画挂在你的墙上
画里有一间小木屋
月亮停在头顶
有一些声音掉下来
你整日里端详那幅冷清的画

后来你不见了
要不就是到那幅画里去了
那间小木屋从此门窗紧闭
月亮还是停在头顶
仍有一些声音掉下来
几十年里我一直侧耳细听
你的脚步
在画里时远时近

给

我坐在屋里
手却在大墙的外面
摸寻着这个秋天最后一片树叶

墙外的树
它沉默的时候很像我
它从树干里往外看的时候很像我

它几乎每分钟都在长树叶
我们在一起的时候它长树叶
我们不在一起的时候它也长树叶
但两种树叶绝不相同
这你不知道

你想我的时候它长树叶
没想我的时候它也长树叶
但两种树叶绝不相同
这就我知道

它几乎每分钟都在长树叶
然后把它想说的从树枝上掉下来

落在离我的手不远也不近的地方

就在你向这边走来的时候

那片树叶

落在离我的手不远也不近的地方

对话

当一个日子离开我们
我的抽屉里总会少点什么

在一个梦与另一个梦的连接处
有一块小小的石头

而你还未出现
我身上已有了被你划伤的痕迹

就像我的全部生活
是你在这世界上的一种投影

中国杂技

不要惊奇，事物

是无数把椅子

耍出的各种危险的平衡

语言，在脚下

布置一根细细的钢丝

通向含义

温顺地守着概念

把活生生的手指

套在冰冷的戒指里

那么，我宁愿选择

各种精致的姿势，在空中

哪怕仅仅依赖一种可能

如同依赖

一根极不可靠的竹竿

世界上，每件东西中

都有花朵

看不见，却清晰地存在着

我的工作

就是把它们一一取出来

一只手和另一只手

一只手在房间里洗牌
另一只手在街上发呆

一只手从床上
摸到这个世界的精彩之处
另一只手在人前躲躲闪闪

一只手在角落里生气
另一只手在桌上兴高采烈

一只手羞愧不安
另一只手装模作样

一只手大喊大叫
另一只手放在嘴唇上：嘘，别出声

一只手击中了什么
另一只手忍住痛，悄悄抽回

一只手彬彬有礼，伸出
然后尴尬地停在空中

另一只手在衣袋里暗暗得意

一只手在别人的门上犹豫
另一只手拉上了窗帘

贝鲁特，1988 年

居民们习惯了子弹和苍蝇

几乎远离了表情，他们劳动、吃饭

然后像瓶子一样被打碎

而我们，分不清谁在向谁射击

这就是民族之间的互相抚摸

城市像布满灾难的画室

无数双手臂，最后一次在空中挥动

这种祈祷或抗议

在谈判桌上，是很微弱的

不至于妨碍比喻的优雅

生命微不足道，就像一种技巧

贝鲁特是一根细细的钢丝

居民们，继续表演吧

要是先生们厌烦了

他们尽可以换别的电视频道

自己的看守者

1988
05.21

他是自己的看守者
作为栅栏
四周布满了鸟、图案和镜子
他被放在想象的正中央

愤怒、敏感的五官
顺着木梯滑下
脸搁在办公桌上，远离自己
虚情假意的胡子
老练地遮住多年的创伤

记忆成了唯一的栖身之地
不断发生的事儿
仿佛是过于强烈的光线
他眯着眼
想着，现在应该扑灭
身体中的哪一处失火

他们

第一个人抬头看树
有鸟，或者没有
其实他只是看自己的心情

第二个人把家安在妻子脸上

第三个人不管干什么
关节里总响着硬币的声音

第四个人一直准备哭泣
准备被感动，被安慰
他的手绢
就放在裤袋里

第五个人模仿某人的语气和手势
活下去的难题是
学不会他吐痰的动作

第六个人刚结束初恋
他只剩下一只手一条腿和半边脑袋

第七个人成了上层人物
而且
从此以后他的鼻音很重

第八个人正和第九个人打架

第十个人躲在一张面具后面
直到他死
我们也没有见过他的脸

南唐后主

那一年
他离开空气、故国和爱人
到纸上去生活

两只鸟落在地上
那一年是虚无的口袋
他喃喃自语的嘴唇
连着远去的白昼

他的眼睛被取走
换上诗歌
阴暗的翅膀

那一年
栏杆外面
女人们奔跑在自己宽大的衣袖之上

小品

1988
11.01

夜晚，有人在我身边修剪花枝

脚步轻巧

不曾把我惊醒

而早晨

我已经忘了他们的名字

熟悉的生活

仿佛一些遮蔽

我肯定忽略过

更为重要的东西

比如他们是谁

比如

他们以何种方式

影响到我的幸福

1988
11.22

解释

我喜爱下午的阳光
它明亮，温暖
像一只手搭在我的肩头

我感到快乐
理由却无从知晓

每件小事
都有一个可疑的去处
正如通过某根看不见的绳索
我们
同另一些梦幻紧紧相连

白天的缝隙里
有一群沉默的观众
看我们走动在
他们摸过的村庄里

我感到快乐
就在此时
在我身体的某一处
有人起身推开窗子

闲居

01.23

傍晚更加闲远
过去的事物
弥漫在风中和酒杯周围
但我什么也没说

隔着门槛
山色和我互相浸润
低头捉笔之时
多年不见的朋友
几乎碰到我的手指
我闭门不出

一点忧伤把我压住
如同镇纸
压住了就要被风吹走的稿笺

春天的插枝

是一些很细的东西
连接了
过去、现在和即将出现的我
无论在现实中插得多么深
我还是感到
残缺的自己，
带着所有纤巧
正从此刻的大地和天空面前
向上飘走
在接近着
另一个有相同伤口的我

熟悉的木箱

1989
03.14

我允许兄弟
把空木箱搬到阳光下
但要小心
不要碰伤了母亲
木板做成的身体

它们装过的东西很远
松散着
在房前屋后飘浮

这个夏天
她变得更轻
在一朵茶花上徘徊良久
脸几乎融进空气

她变得更轻
但这不是真正的贫穷

所以我允许兄弟
趁着好天气
把空木箱搬到阳光下

让她看着

我们也会把身上松动的钉子

仔细钉好

惊奇

一些小事情
构成了活着的我
而从前的房屋和人群
已经在某种玻璃中间
现实正向那儿流去

我向所有活着的生物致敬
我停留之处
花朵、太阳
被河水冲歪的小船
都在平静地表达自己

我们深处有一种欢乐向上的东西
它使包围着生命的一切
永远令人惊奇

没有多余的日子
夜里我听见河上传来的歌声
不需要解释
我们都是月亮的一部分

清人金农的枇杷图

这些美丽的果实是我的兄弟
挤破宣纸
好看的神情如今再难相遇
在枝上它们是空气，也是酒

坐在叶子中
他们用一罐甜蜜悼念自己
脆弱的肢体
难免被自己随手落下
光阴里
颜料或痛随处可见

兄弟，我们出生在哪里
走了多远
到达这些枝上
疾病的根源又在谁的手中

手指突然耀眼
我们是某个世纪点亮过的灯盏
秋天变空，因为一切正在流失
我们永难相见
只能在同一块玉中互相怀念

所有事物的时差·1990 · 1999

夜语

1990
02.12

我无法把握黑夜的本质
这毫无光泽的事实
分开了什么
又让什么逼近我们眼前

手懒懒地掠过一些渡口
灯火仿佛早年
美好的翅膀
已十分微弱
一点小念头就可以把它们扑灭

另一些细小的脚
走动在周围
时常有忽视已久的过失
被准确地塞回我们手里

我们的血液
在黑暗中滞留
从这些不曾理解的东西后面
失落的字正慢慢聚集

观蝶

一些微弱的
易被忽略的事物
慢慢回到我的四周
它们使春天得以继续
加深爱和伤害

我试图
说出这些永恒的事情

当枝条上的一个乐队
用演奏
把更多的东西搬离黑夜

当一场小雨
全部落进某个伤口
缓缓松动的花正打开天堂

百年沧桑
擦着我们心中的那只银杯
而我只能留在自己的小小的生命里

面对庞大的春天发呆

这样的一生难以置信

如同蝴蝶展翅的一刹那

雨

雨更像渐渐熄灭的爱人

从未降临的爱人
她细致的衣裙声
多年来
时时响在我的耳边

只有雨能代替我们的手指
把终生不能相见的人
抚摸

就是这样
一场雨
洗去某个名字上的泥
另一场雨毁掉一次人生

而保存完好的一场雨
坚硬如麦粒
一只不再睁开的眼睛

雨落在那边

后来被称为鸟和树叶

雨落在这边

我们叫它血液

夜晚，雨后面木质的车轮

碾过我的枕边

就是这样

我们每个人

不过是斟满雨水的杯子

但没有人知道

这些雨水曾经盛在什么样的杯中

又将在什么时候

从我们的内心溢出

乌鸦

哭泣的孩子穿过田野
想着一个名字
一只乌鸦在他的前面飞着

这是夏季
最简单的伤口

特别在这样安静的事物中
牵牛的孩子
怀念着的东西
纯净有如闪闪发光的白银

在夏季
飞着的乌鸦
仅仅是
一件旧事的影子

风，不要把他吹散
这样的孩子
应该小心地握在手中

被某个名字打破的孩子
应该有人收留
像捡起散落一地的坚果

并教会他辨认
爱情会躲闪的黑翅膀

古老的无处安放的心

我带着自己的心走着
它稳重，微微发光
但又有什么地方可以安放

朴实，然而时时不安的心
难道对我
已经是过于奢侈的东西

也不像明净的灯盏
可以举在手上
把身体中的阴暗照亮

或许，它只是
一根细细的火柴梗上
移动着的微弱的火焰
呵，这无可挽留的火焰

是谁，把它交到我的手里
古老的无处安放的心
就像正在冲洗的这只盘子
难道我所能做的

仅仅是揩干它的每一个缺口

年复一年

把它上面的落叶拂走

另一种蕨类

它们在比牙缝更狭小的角落
扎下根来
在靠近心脏的地方
在我的身后

我即使突然转身
也无法把它们看见

我从哪里
继承了它们
它们又来自
我的哪一些过失

在夜深人静时
它们开满四周
丑陋的叶
已把我的许多部分覆盖

并通过秘密的路径
蔓延

在所有的生活和梦境

也许该用刀
对付这些茎叶
但我又怎能
挖到它的根

玫瑰

在你手里这枝玫瑰后面

重叠着

死去多年和尚未诞生的所有玫瑰

一滴水里藏着无数口井

我们的指尖上

聚集着遥远的祖先和村落

爱

以及我们的伤和飞翔

全部被一种轻微的痛记住

唯一的爱人

你是窗打开后

越来越多的道路

你是细小的针尖

也是庞大的国家

你是冷酷的花剪

也是被剪下的这枝玫瑰中的

无边无际的温柔的玫瑰

炊烟

越飘越远的是残损的从前
其中的琐碎和悲欢
偶尔在心底微微发光
那些不能再次参与的故事
我的怀念
已不能把它们全部裹住

从古到今，有多少炊烟
飘出人类的身体

这些令人愉悦的上升
像宁静的祝福
每年有多少无邪的比喻
这样在无风的黄昏到达天空

越飘越远的是祖先的手指
无数眼睛
和流转不息的时光一跃穿过窗子
但春天
还像零星的雨点和花瓣洒向我们

这就是我们每天都格外不同的生活

我们的锄头

向下挖着事物的根

而炊烟却自由自在向上飘着

我们文化中无比轻盈的部分

就这样飘离痛苦和酸楚

仿佛脱下了过多的衣衫

马

1991
02.19

马跑着，从一些熟悉的名字上
踩碎二月和杯子
脸色苍白的人
伫立一旁，这样的痛心有谁倾听

黑暗的马，风暴前的马
驰过花心的马
在它们后面，生活不绝如缕
缠进旋转的轴

这是眼睛后面的夜
还是马
起伏的背擦破所有的窗
我们的对话中
它们一闪而过

但是，它们仍然无法
把经过的纸张带到终点
就像多数时候，不是怀念
而是悔恨陪着我们到达

年龄增加

而爱情已经不多

在自己的灯下摸到缰绳

只不过把另一些人心底的东西

拉得更紧

写字的孩子

1991
03.31

孩子还在守着方格
一个陌生的字
像即将到来的遭遇
落到他的头上

一个字
是风还是你的手
把它里面的叶子翻动
藏好了黑夜
温柔地
把微小的撕裂中止

它也许是大道
也许是其他的事情
我们走在上面
把周围的一切倾听

是谁
在它后面制造着雾
又是谁
在上面终生汲水

一个字

我抚摸你的时候

无意中

把它里面的积雪触动

多年之后

孩子在空格边守着它

看天的孩子

在一张美好的糖纸下面

这个字是一所学校

耐心地把它完成

纸鸽

1991
07.04

没法折出那种简单好看的纸鸽
我总是把自己的犹豫
和周围的夜色一起折进去

把它放在孩子床边
就像留下一封兴之所至的短信
里面有被琴声慢慢举到空中的牧场
折痕很深的日子
以及坐在春天面前的一个美好的疯子

我没法折出那种简单好看的纸鸽
即使在堆满纸条的桌前
这安静的车间里
劳动仍然拖着极其微妙的阴影

微笑的孩子
是否能接受这其中的秘密
可爱的小小玻璃房子
当秋天挟带的石块滚过屋顶
每一块玻璃是否能完好无损

撕开一场雨直到露出它的茎干

1991
07.29

撕开一场雨直到露出它的茎干

裂纹扩展至众多的时刻和地点

如果我喜欢的东西还没出现

那只不过说明

其实我自己也只能在一些过时的歌曲里容身

我的疑问比畏惧更强烈

我的习惯是抽出事物的全部神经

握在手里，让它们冷却成语言

温柔和花色雨水一样退下

我要撕开它们直到露出最里面的夜

一本书就能使我飞过死亡

1991
/ 08.07

一本书就能使我飞过死亡

看云的人此刻看见了蜜蜂的翅膀

那是因为朗诵时我比乐曲更轻

比河水的反光

更容易飞过自己的身体

这难道还不算奇迹

一次遥远而偶然的书写

使不同的春天像一排轻轻碰击的杯子

美妙的连环

把银质的颤动递到我的手心

生活会以多快的速度

穿过身上的裂缝

假如从未有过述说

我们将如何肯定自己

很多时候，好像我仅仅等着一句话

它一经说出

就会比车船更迅速地带我去远方

一本书穿过我

一本书穿过我

像风穿过树林，在暗处

那些人物和歌受到些许阻碍

是平时不能看清的东西

使它们的速度变慢

一只鸟穿过我，引起同样轻微的摩擦

并把它的影子留在我的身体里

一把刀子

1991
09.03

一把刀子细细地刮着夜晚

让天边逐渐发亮

但直到正午

那些黑色粉末仍未运走

它们淤积在

我们关于阳光的交谈之中

歌：光与影

白天收容的一切
夜晚仍在我的身边发光
像看不见的河水
也像伸展着的旋梯

那些忽略了的路口，重新出现
更加幽深而神秘
在另一处生活中
是否会有同样的怀念和悔意

我怀疑一本书
是否足以描述世界
假如另一本
彻底相反，却仍然对应我们的情感

纸的背面
怎样的城市和人群
在劳动的间隙把这边猜想
无论多么遥远
肯定有什么把我们相连

如果是两面对视的镜子
我手里事物的裂缝中
就会有同样苍白的手
指尖碰着指尖

一只苹果的光与影
断裂与返回，天堂与地狱
我们在这个世界行走
翅膀却留在另一个世界里

致读者

光阴教会我的东西

对于纸张来说，永远不会太轻

但这仍然只是一种习惯

或者私下的幸福

而不是什么精心准备

我怀疑阅读

能否使一场雨从纸上起身

重新发出声音

我留下的死结

是否会有一双无限温柔的手

在多年后的傍晚把它解开

也许是一缕阳光

照进了阴暗已久的房间

遥远时代的余烬

又变得耀眼和新鲜

那么，这就成为可能

我在秋天无意的落叶

正好可以用来

解释你们的春天

箴言

1992 / 04.15

白天我伏案写作
风吹得面前的纸张乱飞
另一个城市的人
看见了我的翅膀

夜晚却睡得小心
不敢轻易翻身
我怕惊动了
梦下面庞大的鸦群

疼痛的琴

值得用疼痛来记住的只有春天
当我试图重新穿上故乡
值得说出的就只有撕裂

是什么使它们如倒下的马匹
又是什么使它们成为烈火中幸存的琴
轻柔的琴声
正使窗内的一切飘浮起来

因此我写出的
都有着看不见的伤和缝合
最大的风
也无法把这些汉字吹空

冬天我枕着它们瘦小的骨头
感到了在心里遥远的深处
花朵复活
冰块在坠落和坍塌

好比从一口生病的井中

鸟儿在相继飞出

我在一点一点变轻

虽然已没有什么可以用来鸣叫

我

我知道自己的狭窄
像一条深深的裂缝
而且又有太多的词和石块
把它塞满

但愿也有些时候
更高的天空
仅仅透过这条裂缝
向你们洒下光亮

我用平静的小诗
把自己的怀疑遮掩
却不能阻止周围的夜色
把它的颜色越染越深

在内心积累已久的东西
一经说出便面目全非
那些漆黑的小眼睛
在我的沉默里却眨个不停

白天忽略的

夜晚必定和我同床而眠
就像记忆中失落的亲人
变得很小
仍然围坐在我梦的瓷瓶壁上

我的寂寞无处托付
我的幸福总像过错

我把世故反复演习
自己的所有窗子
又全部安装在
一只蝴蝶的翅膀上

看不见的奔跑者

马群奔跑在城市的缝隙里

看不见的马群

穿过了工厂和会场

奔跑着，有时在我们头顶

有时在灯下刚铺开的纸上

虽然不断增加的机器

使它们栖身之处

越来越窄

但在怀疑中倦怠的我

仍然时常被什么狠狠踢中

使我又疼痛又清醒

古老的奔跑者

夜晚，并不仅仅安睡在

我们黑暗的身上

它们也在沙发和电视机之间散着步

啃食着

我们这些编织篱笆的人

白昼未能彻底清除掉的青草

要是人是玻璃做的

要是人是玻璃做的
我将看到那些
幸福中间的裂纹
易碎的欢乐和坚硬的悲伤
同样晶莹

我将一直看到他的内部
看到投进里面的光
怎样经过复杂的折射
形成一片温暖的角落
看到迟钝的话语
怎样被耐心地磨出锋刃

看到心情
就像芦苇围着的池塘
为经过的事情吹起阵阵波澜
看到两种爱
不可重叠地旋转
在空中
像晚风中的两片树叶

但是不可能

大多数时候

我的眼睛并没有穿过什么

我只是靠猜测生活

通常我都坐在生活边上

通常我都坐在生活边上
向另一边的人
描述里面的浪花

整个下午
我说得那么认真

他们笑了
说你的理智
不过是巨大的虚无包围着的
一小片现实

通常我都坐在生活边上
向另一边的人
描述里面的汹涌

整个下午
四周一片沉寂
只有越来越大的水声
把我回应

回忆的必要性

倘若回忆是一口深潭
我必须抱着石头
才能
真正沉下去

冒着
被往事呛住的危险
在水的深处
我必须在昔日的淤泥里
耐心摸索

就像面对
被时间弄乱的线团
我必须找到
最初的那个死结

否则
那些想要忘记的一切
就会像碎玻璃
越来越深地
埋在我的身体里

笼子

1996
05.07

走在人行道上
进该进的门
不问不该问的事情

我们习惯了
与规则的看不见的栏杆
保持适当的距离

直到那天
看见了那只鸟笼里的鸟

它灵巧而得意地
在狭小的空间里翻着身
小心地
不碰着四周的木栏

我觉得它聪明的样子
与我相似
只是它看得见的笼子在身体外
我们看不见的笼子
在脑袋里

打开鸟笼

主人的惊慌

像是一个愉快的刺激

我的手却突然停在空中

因为不知道

另一个笼子的门

究竟在哪里

某个夜深人静时刻

某个夜深人静时刻
世界会突然轻声发问

孩子
该交出来了
是疲倦的微笑
还是永久的沉默？

就像把全部的拥有
放上天平
我们难道能挽救那突然的倾斜

台灯下就像有一个
通向黑暗深处的裂口
生活在旋转着消失

如果时间穿过我们
好比流沙穿过沙漏
没有积累
只有循环

那整个庞大的一生
都不能填充眼前这一小段空虚

我可以佯装不知
也可以继续顺水漂流
但我知道
某个夜深人静时刻
世界会突然轻声发问

玻璃匠斯宾诺莎

1997
04.19

我们最好关上所有的电灯
最好忘记所有的比喻

因为有一个人
正在为我们磨着眼睛

让我们所浪费的激情
让我们的怨恨
留在黑暗里

为了明天让我们上路
有人在准备着星星

他的肺里堆积着
越来越多的玻璃

他却说
看吧，用哲学的眼睛看吧
人间的幸福
世界的香料就在那里

怀疑

我一直怀疑
在我急着赶路的时候
有人把我的家乡
偷偷搬到了另一个地方

我一直怀疑
有人在偷偷搬动着
我曾经深爱着的事物
我的记忆
如今只剩下光秃秃的山丘

一个人究竟应该走多远
在这个遥远的城市
我开始怀疑
盲目奔赴的价值

在许多的一生中
人们不过是满怀希望的司机
急匆匆跑完全程
却不知不觉
仅仅载着一车夜色回家

降落

1998
01.17

飞机开始下降
像是经过了一次幻想
大地上的斑点
正在变大，包围过来
重新成为我的栖息之地

在一次幻想中
有多少层空气被尖叫着划破？

整个的我在下降
仿佛不是朝着机场
而是朝着你的心灵俯冲过来

你是否有足够的准备
是否能够容忍
一个幻想过的灵魂
以及他呼啸的速度

清晨扫地的人

清晨扫地的人
扫把的末梢
透过层层砖墙，扫到我的身上

像是被什么拂中
我总是从梦上面跌下来
有些发愣地睁开眼睛

从未谋面的扫地人
究竟用了多大的劲在扫？

天完全亮开后
他扫过的道路
一些又细又深的缝里
甚至露出了发白的骨头

至少这一次
在体面的衣服下面
我和道路有着同样深的划伤

有什么值得大海去蓝

1998
03.15

有什么值得大海去蓝
有什么值得大海苍老

太多的过眼烟云
包括你
包括我
有什么值得大海心痛

太多的知识
使大海充满了苦涩
也使它变得
像一个巨大的筛子

冇什么值得它去蓝
有什么值得它汹涌

海水松开手指
只有遗忘，只有经过
有什么值得大海挽留

069

献给一对无名恋人

在他们安息的地方
人们并排种下两棵小树
这活着的碑文
绿得让人刻骨铭心

我猜想那纤长的根须
正在泥土中摸索着对方
就像昔日，他们的小指头
秘密而快乐地勾在一起

纸质的时间

1998
03.25

在望不到边的书架上
排列着我的记忆
看不清是书脊，还是
没被黑暗完全埋住的旋梯

这些苍老的纸质建筑中
汹涌着的只有时间
那些威严的年代，仿佛
凌乱的船队，被越冲越远

伫立在一本书边缘
悬崖边的遥望，我看见
斑驳的身世，又薄又脆的人群
我看见的辽阔比大海更宽广

一页纸，遮住的是一座空山
打开书便有风雪扑来
从一个灵魂开始的漫长冬季
至今仍未结束

一天

他写下看见过的阳光
尽管在信笺周围
乌云翻滚

他向经过窗前的街道点头致意

他遥望晚霞
惊奇于它和爱情
有着如此相同的色彩

他抽出信
撕掉想要寄出的白昼
最后，他只剩下
一个需要重新推敲的夜晚

这么多的人

1998
05.06

这么多的针在黑暗中闪烁
这么多的人
坐在阳台或者家中
把大海挽在自己的手臂上

天空啊
我一定要向你微微敞开

这么多的人坐在云朵上
这么多的人
坐在我心中
沉默地缝着破旧的大海

1998
05.27

玻璃与顽铁

"心碎了，他们的心碎了"
难道这样的心
是由玻璃或陶瓷构成
天哪，到处是心的碎片
谁还敢赤脚行走？

深夜里，是否有人
用胶水
小心地把自己的心黏合？

我的心可不同
仿佛一块顽铁
有东西撞来的时候
只不过发出"当"的一声

它需要的不是胶水
是锉刀，是最粗糙的砂纸

我愿意时刻将它打磨
只要世界上有另一颗心
同样坚硬
而且月亮一样发光

在夜色中行走

1998
12.27

在夜色中行走
有时脚步会渐渐吃力
仿佛一张移动的拖网
里面的东西越来越沉重

这正是我所害怕的
到了早晨
如果松下肩上的网绳
谁肯接受
我满载而归的黑暗事物

1998
12.27

纪念的空别针

这个下午
没什么值得特别纪念的
不过是风的手指
使劲地掏着这栋楼的砖缝

不过是楼上老人的破口大骂
突然中断，两分钟后
楼下的年轻人
恭敬地送上来他的牙齿

不过是一个孩子的哭
被风撕成一缕缕细线
又拉住所有竖立的耳朵
不过是情人牵着的手
在人面前，惊慌地松开

没什么值得特别纪念的
不过是这些司空见惯的手指
在下午的黑暗里摸索
在使劲地掏着我骨头间的缝

不过是我手里紧捏着的
这枚名叫纪念的别针
格外刺眼地空着
它不能别住这个下午的任何东西
风正把所有的内容
从它弯曲的夹缝里带走

重庆生活

我经历了带刺的空气
经历了几乎窒息的迷恋
从夜晚到夜晚的石梯上
我经历了陡峭的白昼

我经历了密不透风的生活
经历了喘息
短暂的热浪般的幸福

我经历了夏天，经历了抒情
我的皮肤下
曾经布满了燃烧的街道

我经历了重庆
经历了灰烬
我终于可以忘记
自己曾经是一个诗人

桑树在北风中熟睡

1998
12.31

桑树在北风中熟睡
如果紧握它的指节
我能感到大地的心跳
咚——咚——迟缓而有力
就像放大了很多倍的我的心跳

它紧闭的绿色的眼睛
来年春天将在所有枝条上睁开
不只是桑树，还有桉树、榕树
不是一只，两只
而是成千上万，成万上亿

这个庞大的工作，年复一年
在从容不迫地进行
泥土的呼吸，就这样
一小块一小块地聚集在一起

同样是活着，我和它被什么隔开
我这块睡不着的土地
我的孤独的没有回声的心跳
来自它，却好像被谁的剪刀
彻底剪断了一切联系

雾

雾像盲目的人们围拢过来
模糊的一群在奔跑
含混地抱怨着
摇晃着模糊的脸和舌头

这是机会,你可以体验一下
政治运动中的呼吸——
没有敌人,但所有群众都要
反反复复地穿过你的肺

我的儿子声音嘶哑

我的儿子声音嘶哑，双脚
使劲朝上面乱蹬
他的哭显得如此重要
仿佛整个天空
都已赶紧围拢过来

我坐在旁边，微笑着
羡慕地望着他
我有比他充足十倍的理由
却不敢像他这样
全心全意地痛哭一场

在旷野谁能安睡

在旷野谁能安睡
总会有冰凉的东西
不时贴着肌肤划过
把我惊醒

月亮仿佛一把旧剃刀
正毫不留情地
割掉那些
刚刚蹿出我身体的青草

当一个人还很年轻

01.29

当一个人还很年轻
他写的东西，会奔跑
会像豹子一样
把藏在黑夜里的人追逐

当他已经年老
写的东西，变得安静
像一面不说话的镜子
只用微弱的光
照着周围的人的空洞

可以弄明白的爱情

当爱情用鸟的眼睛
看着你的时候

要画一些树枝
让它可以落脚
画一滴就要从树叶滚下的露珠
让它惊讶
再画一缕阳光
斜射着它的眼睛
让它迷惑又温暖

要画出浓密的树丛
在树叶里
隐约出现一只精致的小窝
让它探头探脑
想要看个明白

为了更有把握
把它留住
再画一个结实的鸟笼
把鸟和这些全部框住

走得太快的人

1999
10.27

走得太快的人
有时会走到自己前面去
他的脸庞会模糊
速度给它掺进了
幻觉和未来的颜色

同样，走得太慢的人
有时会掉到自己身后
他不过是自己的阴影
有裂缝的过去
甚至，是自己一直
试图偷偷扔掉的垃圾

坐在树下的人
也不一定刚好是他自己
有时他坐在自己的左边
有时坐在自己的右边
幸好总的来说
他都坐在自己的附近

我总能看见

白天试着用各种不同的东西

敲打着我的眼睛

有时是一个人动坏脑筋时的表情

有时是混乱的街道

有时是惊慌窜过的学生

作为安慰

黄昏的暮色则像旧纱布

讨好似的缠绕过来

我想，疼痛的眼眶中

一定被敲打出了另一种眼珠

所以我总能看见

坐在你心中的另一个遮着脸的人

看见白天的裂缝中

积蓄着的沉沉夜色

写作时卸下的黑暗

1999
10.28

写作了一整夜

我揉着眼睛，来到后院里

所有的窗口都亮着灯

看上去，这幢楼就像是纸折成的

又轻又透明

只有我顶楼的房间漆黑

呈现出真实的质感

那是我写作时

从心中卸下的黑暗

来不及消散

写作没能挽救我

但它防止了

我的生活过分戏剧化

空白

我花了太多的时间
用来怀疑，用来否定
花了太多的时间
用来恐惧，用来不知所措

我花了太多的时间
用来反复试探
用来回避，用来忘记
用来计算流逝

所有庞大的花费
都被详细记载
在一生的账簿里
唯独短暂的爱
留下了刺眼的空白

是的，不管我回来
还是继续离开
始终带着那一段
永远无法填充的空白

几乎停滞的白天

1999
12.04

白天会用它
几乎停滞的速度
来折磨企图做白日梦的人

无法闭上眼——
喧哗的城市
会把它的全部重量
死死压在我的耳朵之上

我可以翻身坐起来
重新呼吸司空见惯的东西
却无法说服自己——
一生如此短促
而一天又是如此漫长

阅读的时候

阅读的时候
我会逐渐变成另一个人
缩在被窝里，就着灯光
另一个我已悄悄出发
蹚着夜里的河水
瞧，我已经在异国上岸

在那里，我失足摔落进
别人的一生中
在那里，我的肺装满
另一个时代的浓雾

我读到的水在冲刷我
读到的树林在围拢过来
我目睹了心的燃烧
摸到了看不见的翅膀

我逐渐变成
另一个无所顾忌的人
一个赶路的人
但是这一切总会中止

在天亮前，我必须回到

用旧了的身体

回到那熟悉的空虚中

信封

从每个黑夜
都可以抽出一个早晨

刚露出的白天
像是从信封里
抽出来半截的信

从每个浑浊的童年
可以抽出明亮的青春

但事情不都是这样
从美好的爱情中
抽出了发黑的信纸

从喧闹的白天
抽出了十倍于黑夜的罪恶

从生活的信封里
抽出了某人的一生
是不曾写下一个字的空白

看 前 所 有 事 物 的 时 差 · 2000 2009 ·

身体里泄露出来的光

2000 / 01.04

我缝上线的皮肤
像墙的裂缝
刺眼的光从里面泄露出来
把四周照亮

为什么是这新鲜的伤口
为什么是这阵阵袭来的疼痛
在帮助我
看到更多的东西

为什么我喋喋不休
却没说出一句话
为什么我的眼眶里
转动着的始终是一块石头

这难愈的创伤
像一根点燃的灯草
它的那一端
浸泡在被我忘却的存在中

回答

我是那个悲泣的人
是那个等待渡船的人
我是那个幸福的人
春天的花粉全在他脸上
是那个绝望的人
乌云的阴影已经快要遮住他
我是那个走在街上的人
我是那个跳舞的人
逃亡的人

我在悲泣着，幸福着，逃亡着
我是他们中的一个
也是他们的总和
这么多个我在悲泣着，幸福着，逃亡着
在身不由己地包围着什么
像桌布四周激动的花边

那中间的正是我从未经历的
现在快了

孩子张开的小手臂

2000 / 01.25

那摇晃着站起来的孩子
跌跌撞撞走过来了
阳光照着他几乎透明的脸
他张开着小手臂
像是想要抱住什么

我敢说他张开的小手臂
比所有成年手臂加在一起
还要有力
所有吸引他的东西
花朵、楼房和整个人类
都被他紧紧地抱住

我们必须谦虚地
交出暂时管理的天空和大地
我们的骄傲要他来认定
而我们的恶行
也只有寄希望他能宽恕

春天的献诗

第一头鹿子
是从你的眼睛里蹦出来的
第二头鹿子
一路嗅着你身上的花丛
当你侧过脸来的时候
第三头鹿子
用头轻轻顶着你

"从哪里跑出来这些鹿子?"
你的声音在春天里颤抖
"亲爱的,是你自己,你亲手
为它们打开了夜的栅栏"

让我为你长出鹿角吧
让我继续这样落后、抒情
反正秋天还早
而冬天,就更加遥远

选择

我选择微弱的

看不见火星的爱

我选择回忆，而不是眺望

像一座谨慎的博物馆

只把你的一切一切

在新的一天重新擦拭、收藏

我选择躲避

一个人翻看冰雪之书

戏的曾被春天的蜂群蜇痛的手指呵

我选择顺从

不是向命运

而是向因为回忆而繁茂的心灵

它在喃喃自语

像风中的树叶簌簌作响

我曾经问过自己

我曾经问过自己
一个人需要经历多久
需要多少次
看着白天被抽走色彩
直到变成一堆泡沫
在黑暗边缘颤动

我一直试图明白
这一天被掏空的意义
等待的意义，苍老的意义

当我只能
无所事事地独自面对落日
更多的往事
是否会使我感到更充实
就像秋天的向日葵
因为密匝的葵花子而饱满

如果你试图爱上一个人

2000
08.05

如果你试图爱上一个人
得学会把自己作为礼物
谦卑地交出
而自己还得完整地站在原处

你得学会吹拂和浇水
让你交出的部分
萌芽，穿过她神秘的躯体上升
并从眼睛里长出嫩绿的叶子

多数时候你不会如此幸运
现实远比电影悲怆
如果你试图爱上一个人
请随时准备
摔落进那一分钟漆黑的停顿

别问为什么，别试图了解
否则，你会遭遇
剥洋葱一样的过程
总有东西刺激你的眼睛
而且，会发现她有很多层

101

一定有……

我的猫喜欢仰着头看我
它睁圆眼睛，一动不动
像是尽量想理解
眼前这一个能活动的东西

而我分不清猫和猫的区别
它们有着同样的声带和表情
死去的和刚生下来的猫
简直像轮流使用着同一个身体

它绕着我打旋，却嗅不出
我手里《航海记》的浓烈腥味
它奔跑着，像一盏
跌跌撞撞的灯
周围是它无法照亮的黑暗

和我们一样古老的猫呵
所有比猫更微弱的生命呵
我们活下来，轮流使用着
各自大致相同的身体
我们一定共同构成了某种河流

或者乐谱

多少年了
就像栖息在同一棵树
高低不同的枝丫上
一定有很多不被理解的黑暗
一定有巨大的开始和结束
只是，这已超出了
我们所能思考的范围

剧场

那些熟悉的细节，再重新酿造一遍
时间被挤压着，发黑，发出淡淡的酒味

他们相互爱着，但并不肯定
追光灯扑向他们心里的空白

那里是一个水洼，车轮飞过，水珠四溅
是啊，把一颗心中的水珠
泼向所有路过的人

行走的人，在停顿后仍将行色匆匆
他们试图遗忘的，夜幕下仍将继续

但人们带走了他们看到的一切
空荡的剧场，
仿佛树被拔走后留下的巨大土坑

关于诗

2002
03.12

它要宽宽敞敞
让人可以随处坐下

它要有速度，有风景掠过窗前
让有的人发呆，有的人晕眩

它要颠簸着行驶，让人们
不得不紧紧抓住什么

它要有进口，让一些人拥挤着进来
它还要有出口，让另一些人
也可以抱怨着离开

春天，在青龙湖

2002 / 04.18

一条小路把我带到这里
而我，沉浸在两种存在的摩擦中

从中间穿过整个寂静的树林
就像回忆昨夜穿过我

像波浪轻易从中间分开
像路分岔，变成更细的两条

一个不能合拢的人
走着，却同时朝着两个相反的方向

日记

在你疾走的躯体中，另一个人
正缓慢转身
你们共同折断了某种东西

有一些疼痛，不能像牙膏一样向外挤出
有两个人，在众目睽睽下变成了蝴蝶

日记里充满了可疑的脸
盲目的路标
日记里充满了时间弄断的链条

它们的另一半，继续卡在我的身体里
我可以在半天里虚度数年
而半天，也只剩下这几粒药片

给

好吧，现在我接受你的看法
一个无法分辨雾气和河水的人
永远无法获知自己的边界
我这只盲目的蜻蜓
飞着，看着，听着
却不知谁在驾驶，谁又是乘客

但我不能为此否定这一切——
我在生活的边缘飞着
也在迅速变黑的田野上飞着
正是我看到的，听到的
堆积起来，构成了我的心灵

当我安静地坐下

2002
05.09

当我安静地坐下
在心的附近，灌木会更加繁茂
会有更多的细节
像鲜艳的小瓢虫，清晰地出现

在我身后，生活那最纤细的枝条
被越来越多的露珠
压弯出一道好看的弧线

春天的河水

春天的河水像柔弱的内脏

柔弱地颤动着

我蹚过它，脚步不由放轻

我就是爱它这个样子

河水呵，我挽着的所有河水呵

所有淌过我身体的河水呵

我也同时爱着

冬天里河床威胁地露出的牙齿

透过云层的阳光

2002
05.13

透过云层，旷野上的一切
都被阳光拉得又斜又直
我发现吹着口哨的自己
其实站在巨大、透明的编织机里

细长的草叶，是一根绿线
排着队的蚂蚁，是一根黑线
喘着粗气奔跑的马，是一根白线
我呢，也是一根有些温暖的线

所有仍在呼吸的生命
都被纳入神秘的编织之中
我没有其他的线明亮
也并不比它们更重要

景象

一只鸽子在黄昏面前飞着
像一小块白色橡皮，而且越擦越小

在一本翻开的书里
时间以崩溃的速度运行

像是推着什么在奔跑
笨重的齿轮，紧紧咬住我们的身体

终日阅读的人们，像过度使用的刹车片
在春天里迅速发热、消耗

给

我莫索着你描述的整个白天
所有可爱的事物
草丛、水池，嬉戏的孩子们
喧哗的风，眼睛里的阴影
以及一本摊开的书上
坐着的灵魂

我没有告诉你
我的手指上迅速扎满了小刺

此刻

我的门虚掩着
我的栅栏，木质的，十分低矮
我的边界模糊，几乎是不存在的

因而我走动
在此停留的客人，也一起走动

荆棘丛中，我挽着所有诗人的手
我说话，他们也在我的声带上发出噪音

遥望李元胜之 80 岁

2003
08

即使在冬天，我也没什么可抱怨

像河畔爱发呆的榆树

我有着同样痛歪了的嘴，坚硬的膝盖

我总是喊错你的名字

我的老朋友不是相距遥远

就是早变成任风吹拂的树叶

在我念叨中绿了又黄，黄了又绿

我活过三次

因而欠下世界三首诗

尚须写诗献给老太阳

只有他，给我温暖却从不指责

第二首给我居住的城市

我全部生活，被它宽容地收下

最后一首我要献给

在我心脏里敲钟的人

感谢他无论风雨，从未歇息

115

心灵为什么有股杏仁味

虚无像空气，把它层层包围
并逐渐成为它的一部分
先是私下的甜，后是公开的苦涩
走过的路，像系礼物的绳
小心收拢，深深地勒进去

只有曾经猛然收缩的心
没有交出，它拒绝了所有的融合
凭着对虚无的怀疑
凭着对自身卑微的精确衡量

静夜思

2004
10.08

露珠用它的晶莹回忆
它裹不住，千万面摔碎的镜子

树用它的枝条回忆，水用它的波纹
落叶的回忆是网，站台的回忆是重叠的脚步

所有的回忆都在变轻，旋转着
围绕着夜空中发亮的星座

太难了，要用回忆裹住破碎的时间
在我的犹豫中，街道下沉，像触礁的巨轮

江北

我在江北生活了十年
十年，被简化成一些场景

而无法简化的东西
像水，渗进沙漠，又在深处汇聚

我是带着大海散步的人
我的内心，偶尔会因此变得陡峭

幸好缓慢、柔软的江北
帮助我放松，成为慵懒、平坦的海岸

我保护了我自己
我也保护了幽暗的海水

我们互相抵制，又互相挽留
终于相安无事度过整个青春

回答

我已经顺从了命运

在这里我温和，没什么事也满心欢喜

而在外地，我不是诗人

不是孩子眼中耐心的父亲

我边角锋利，时时让人不快

我难以融化，只是一小块坚硬的重庆

尘埃之想

我到了最有意思的年龄

青春咫尺间，暮年也不遥远

我正在学会平衡它们

就像当年，穿过学校林荫道，低着头

拼命平衡感性和理性

"老者和青年，我们

都在作最后的旅行"

肉体沉睡，心自顾行走，赤着脚

它只想蹚过一首诗形成的水洼

我正在学会平衡，在永恒的沉寂

和眼前可爱的起伏之间

身边冬天迟钝，心中群山奔涌

当我和另一粒尘埃拥抱

窗外，巨大的行星运行得犹豫、迟缓

土豆是盲目的

2005
06.13

土豆是盲目的
当一个土豆，爱上另一个
它们羞涩的牵手，就像
被切细的丝条，交错地叠在一起
它们拥抱，代价更大
失去边缘，失去形状
还要经历碾碎成泥的过程

但是土豆没有后悔
它们前赴后继，拥挤着
朝着幸福，朝着虚无

只有一个土豆留了下来
脱离了集体，脱离了爱情
阴暗的怀疑，长出了绿芽
它悄悄积累了
生存所需要的全部毒素

眼前

我的回忆是一个房间
我的遗忘是另一个
多数时间，它们折叠成一对翅膀
让我疾行的脚步有些不稳

我的怜悯是一块玻璃
我的怨恨是另一块
偶尔，它们组成一副双眼望远镜
我看不到眼前
我只能看到遥远的事物

你

每个事物，都有隐秘的地下室
包括树木，根须在那里纠缠
包括不着一字的白纸
看不见的断层互相挤压
滚烫的纸浆
从裂口喷涌而出

包括你，正在爱着的你
升降机运行着
送来复杂、难以理解的气息
我经历迅速的下降
漆黑中，出口和楼梯一晃而过

你是简单的
所以你包含了所有的事物
我遇见了树根、运动的纸浆
它们都是你
都是，复杂、灼热的你

空气中的细丝无人发现

空气中的细丝无人发现
它们飘浮着，路过大街和房间
它们像落叶，下坠，又被风托起
婴儿摇晃小手，无法把它们抓住
老者迎风伫立，若有所思

它们经过了婚纱中的新娘，未曾停留
它们经过了葬礼，仍旧轻盈如初
在它们所经之处，在星空和大地之间
我们阅读，等待，消耗着激情
尘世的幽微依然无从知晓

早晨的对话

"在干吗？"
在发呆，在等待衰老
哦，不，哪能在早晨就等待衰老呢
我在读一本描写大河的书
风景好，衰老也有诗意些吧

它很有名，被很多人读过
像一张渔网，拖过很多身体
如今重印，新鲜的封面
裹着很多人的旧贝壳
怕划伤手指，我小心翼翼

"在干吗？"
在做梦，脸埋在书里睡觉……
哦，不，我刚才是读它来着
一本充满波涛的书
风景好，也有些苦涩
只是现在呼吸有点困难
不小心，肺里灌满了它的泥沙

医生的悲剧

我被麻药驱赶着，就像
一个居民，被迫逃出自己的房子

留下的木质的身体
被打开，被修整，被雕刻

他们一边赞叹，一边工作
他们雕刻出一个气度不凡的酒橱

是为了欣赏，或者庆贺吧
他们取来了各个年代的好酒

他们互相握手，拍照
完全没意识到自己的悲剧

因为我突然醒了，从发愣的他们的面前
起身离去，也顺便带走了他们的收藏

窗外

2005
12.28

窗外的景色是我的创造之物
用视觉和痛苦的回忆
迎面的新鲜空气
同样由我创造，它的清新
似乎部分来自十岁时经过的麦田
黄昏的夕阳有着神秘的美
它一半源于我的恐惧
一半源于对过去的眷恋

鼓浪屿

在海边放一块石头

在石头上，放一些树和小路

我觉得这差不多

就是鼓浪屿

我这样揣摩已经有几年了

因为经常有人在身边说

鼓浪屿

　一个想象得太久的地方

我其实也不怎么敢去

怕从偏爱的远方里

再删去一个词

她的石阶，我好像已经坐过

她的安静，有一些锈迹的街

目光茫然的猫

都比较如我之意

最重要的是

站在礁石上

不管我是好人还是坏人

都会有浪花

很多浪花

一圈一圈从空中围过来

空气

2006
10.05

那个死去的人
还占用着一个名字
占用着印刷、纸张
我的书架
占用着墓穴，占用着
春季最重要的一天

那个离开的人
还占用着机场和道路
占用着告别，占用着我的疼痛
所有雨夜

其他的人
只能挤在一起
因为剩下的地方并不宽敞
他们拥挤在一起
几乎失去了形状

每天，每天
我眼前拥挤着空白
我穿过他们就像穿过层层空气

十年

2006
11.07

我们有着某种速度，像火车
车头向前，车尾永远留在原地
人在远行，故乡留在原地
最爱的人留在原地
一切不过是撕裂、无限拉长的
道路，逐渐增加的空虚

在肥胖的时代

2006
12.25

在肥胖的时代，写清瘦的诗
时代越大，诗越小
时代越傲慢，诗越谦卑
每读一次，它就缩短数行
它从森林，缩小到树枝
还在不断缩小
直到，变成尖锐的刺

听西叶吹陶笛

她用她的帽子
微笑，用她的金属含住
陶笛，仿佛一种魔术
这笨拙的乐器，醒来
发现自己，成为神奇的车站

一列，两列，更多的列车
透明的，绵连的，声音中的金属
从那里飞驰而出
穿过空气
很多层，颤抖的薄纸

我有时是薄纸中的一页
茫然，不想写下任何文字
有时是列车中，一节摇晃的车厢
生着锈，仍在奔驰
西叶，请继续
我为什么要问终点在哪里呢

延续

2007
02.18

生活的目的就是去外地
认识陌生人，观察别的事物
就是出发，告别
就是忘记以往的生活

让人无法承受的，大地
也在和我们一起承受
我的心，栅栏的门，徐徐打开
我选择焕然一新的世界
我只能热爱它，才能借此延续
对你绝望的爱

佛图关小路

2007
05.02

几年没到，它又完成了一次涂改
更难辨认往日的蛛丝马迹
黄叶飞动的树林和小路
仿佛一封模糊的旧信
每次读，都有新的发现——
我曾是多么粗心的人啊

我缓慢地读，若有所思地读
鸟群惊起，肩部没入暮色

质问

昨晚，有一条鲨鱼来拜访我
它接近窒息，抱怨
我从未贡献过一滴海水

难道真的没有伤感的事吗，它问

因风寄意

夜晚就像一张薄纸
一个人，风中的宿命
借助车灯，穿梭纺织
悲伤是棉质的，但并不可见

有人起身，有人在附近弹钢琴
把自己越弹越远，最后到了异国
回来的路是漫长的，要擦破
很多层玻璃

是棉质的，甚至在我的呼吸中
像一支笔，深陷在字里行间
它说得越多，脚步就会越缓慢
身体中那艘巨轮
继续下沉，缓慢地，朝着不可知

弹钢琴的人，还没回来
其实所有的人，都没有回来
"你在哪里"
"我在重庆，在世上……"

欢乐颂

2007
06.12

我在生锈，我的铁

在开着暗红的花，在进入空气

我在离开搁浅的船

在放弃，在告别，每一粒细小的我

拥抱着别的物质，微弱的欢呼

还没来得及分配的余生

在天空上，重新组成闪耀的钢铁

仅此一次，仅此一次

不会有百年，不会有一个人走来

我也不会把折叠的闪电

放入他的心中

木姜子树

这是你们不曾了解的家族

与生俱来的知识，让它们饶舌、尖刻

每片树叶上，都仿佛坐着一个清谈家

当然，它们的表达借助了化学

借助了对气味的创造性发挥

从花到果，它们制造着无数的折叠旋梯

但是那些工匠却并不沉默

他们谈笑风生，他们的思想

像一些旋转的、边缘锋利的螺旋桨

由风带到四面八方

这些热情、尖锐的南方人

决心给每个遇见者，留下深刻的印象

因此，一棵树的体积

实际远比我们看到的庞大

特别对于这样有着表达欲望的树

采摘的人，都成了它的一部分，

至少是载体

搬运着它的演讲、妙语

它可以说无边无际

因此它到过很多地方

它的触角，甚至越过了河流

它因为自己的抒情气质，实现了

许多复杂的旅行，比如，在我家中

我从几粒木姜子，想起了南山

山水湖，以及那边冷僻的小路

想起我的长辈提到木姜子时

突然亮起来的眼神

我想起自己说过：人们大致分为两种

一种是喜欢它的人

另一种是不喜欢它的人

原来木姜子从来没有孤独过

它有着无形的手臂和脚步

它们既是分散的，也可以认为是一个整体

它们有热情的姿势，也有着决不妥协的个性

喜欢它们的人因此更喜欢

头痛它们的人则更头痛

在餐桌上，木姜子油

其实那已经是更温顺的木姜子

是经过了编辑加工的木姜子的诗篇
不粗野，只有着小小的个性和聪明
但是已经足够了，足够在人群中间
划出一条细细的分界线
我们借此辨认
哪些像我们一样迷恋着感性和清新
而且外表温和，心中永不妥协

和木姜子一样，带着那些幽闭的
期待着有一天向天空展开的旋梯
旅行着，和木姜子一样
尖锐，饶舌，和木姜子一样热情
同时又令人头痛
有时坐在树叶上清谈
有时热爱着没有目的的旅行
这一切并非源于坚持
而仅仅是源于宿命

看着所有事物的时差·2010

2020·看着所有事物的时差

给

有一些风雪我们未曾经历
有一些北方
永远不能成为我们的生活
我还是爱着南方，爱着这个
偏执的闷热的南方
也爱着多雨、植物繁茂
它的细腻和不可知

就像我爱着你，辽阔冷峻的你
也爱着，偶尔闪现
那一小块疯狂的你

是的，不同的你重叠着
有时和解，有时冲突
我爱着，它们之间的缝隙
点点野花悄然生长
我也爱着，它们交错时形成的——
破碎、弯曲的夜空
上面缀满陌生的星星

总有此时

在我病卧的时候

谁在代替我奔跑，碰落一地露珠

在我灰心的岁月，是谁

在代替我爱着，像杜鹃

流出身体中的热血

在另外的星球，谁在代替我凝视

即将飞走的鱼群

在另外的时代

谁在代替我出生，代替我召集族人

渡过湍急的河流

是谁在代替我蒙难

谁在代替我哭泣，当群山沉沦

仁者不再出现

谁在代替我，经受

漫漫千年的屈辱

我沉默，但沉默得不够

我骄傲，但也骄傲得不够

总有此时，我在

代替着那些奔跑的人，那些歌唱过的人
那些未能渡过河流的人

代替他们呼吸、行走，承担生之琐碎
代替着那些不能来到这里的人
代替消失的文化，灭绝的美丽物种
总有此时，大陆沉默，星光闪烁
我代替他们写下诗篇

黑色的钟表

带枝丫的天空

并不适合做诗集的封面

墓地前的草坪，也不适合

因为诗集，并不是

高高悬挂的果实

也不是喑哑的纪念

我心目中的诗集

必定有着双重的身份

我微弱的心跳

搭载着春天狂热的心跳

我单调的嗓音，搭载着春天的抽泣

我的盲目和幻影

集中了一部诗集的真实

啊，我已安睡

绝望的泥泞还在溅起

我短暂的一生中，一切仍旧漫长

在那些苍老的词语里

有什么晃动着，像黑色的钟表

口音

2010
06.20

我们口音还算接近，细小的差别
标志着我们的出发点
相距有百余公里

听得出来我们自私相同，虚荣接近
偶尔有些善意的想法
往往不切实际

听得出来我的故乡群峰高耸
而你那一带河汉密布

我们的分歧在于我需下山再下山
而你需要筑堤再筑堤
我们的共鸣在于
有些人既无需下山
也无需筑堤
这不公平，很不公平

总的说来
我有点上游的心不在焉
你有点下游的心怀怨恨

我喜欢你尾音里的那一段好听的滑翔

现在想起来

和我们之间那条河

那一段美妙的缓缓转弯有关

当时对这个细节有点忽略

现在想起来，真的很好听

可惜为时已晚

墓志铭

好的小说需有基本的枯燥
好的电影，需有适当的闷
我理想的生活，当然
也得有基本的枯燥
适当的闷

我恐惧着过于精彩的故事
因为总有一天，会有人噙着泪
走到我面前：
兄弟，你演得真好
我都感动得哭了

好的友谊需有基本的距离
好的爱情，需有适当的缺陷
我喜欢你，缘于你微笑时
那细微的不对称

所以，好的人生
需有基本的无聊
好的时光，需有适当的浪费
让我们历经旅行和压抑

眼前终于出现

沙漠般的真实、冷峻之美

这样，当我挥别人世

终于可以欣慰地说——

谢天谢地

我没有相信过《读者》的说教

也没有过上它所描述的生活

折射

我能记起的，是一生中的某些年
一年中的某些天
它们就像景象不凡的树林
每过一天，就会更加繁茂
其他的日子
不过是通向它们的小路
围绕着的田野

或者，什么也不是
只是那片树林的摹本
对它们的再次回忆，或模仿

这当然很不公平
我尊重每一个日子
每一份，被称为当下的时空
任记忆有自己的选择
而且非常固执

有时我倾向于服从，比如
在小区的夕阳里散步
想起几位死去的故人

阳光，突然呈现某种荒凉之美

仿佛光线，经过他们时

发生了奇异的折射

月亮

2011/09.03

天空无云，明月高悬
今晚，它看起来那么真实
仿佛未经打扰
也没经过推敲和装饰

我们创造的众多月亮
终于，像云雾一样散开了
像历史上的人类生活
一样散开了

它仅仅就是月亮而已
这个简单的事实
让我感到迷惑又神奇——

它永恒的运行
曾经和我们无关
以后，也可能永远与我们无关
它运行着，不发光
不带着我们
只带着自己浑身的凸凹

散步

从来没有真正的路过
我散步，其实已参加
这条乡间小路的复杂变化

我的脚步，牵动尘土的脚步
我的呼吸，扰乱灌木的整齐呼吸
我的安静，叠加着整个树林的安静
我的波澜，让眼前一切转眼盛况空前

我再也没有离开
也再也没有停止
我移动，绷紧两边的田野
空气迅速充满细小尖锐的我

青龙湖的黄昏

是否那样的一天才算是完整的
空气是波浪形的，山在奔涌
树的碎片砸来，我们站立的阳台
仿佛大海中的礁石
衣服成了翅膀
这是奇迹：我们飞着
自己却一无所知

我们闲聊，直到雾气上升
树林相继模糊
一幅巨大的水墨画
我们只是无关紧要的闲笔
那是多好的一个黄昏啊
就像是世界上的第一个黄昏

无望的爱

她的眼睛里，有深蓝的矿石
她的微笑中有橙红的

她的告别里，有灰色的矿石
进入他的回忆中
最终越来越浅，几乎接近白色

他的犹豫里，有泥土色的矿石
他的狂热中，有红色的
仿佛火焰

年复一年，他们平行着前行
在不变的距离里
那些铁色矿石，开始生锈

无望的爱，并非是徒劳的
他收集到越来越多的
珍贵矿石，它们在每一个细胞里燃烧

所以一个人的奔走
永远是双重的

冷漠的路人，怀抱着
即将倾覆的炼钢炉

二天就这样考验我们
收集、冶炼
直到步履蹒跚

紫色喇叭花

晨光里，我想拍好

紫色的喇叭花，但相机力不从心

镜头没法解释如此美的紫色

始终犹豫着，在红和蓝之间

而我，只能看到酒杯般的花瓣

美得过分的紫色，斟得太满

简直就要溢出，它经过漂亮的曲线

突然收窄，仿佛那里有

不想公开的楼梯

漆黑的地下室，凌乱的砖头

遮掩一条神秘的路

在路尽头，没有紫色，没有相机

世界尚未开启，我们尚未出生

北方之忆

这里是潮湿的缓慢的，在草丛上方
细小的水珠悬挂着
随风飘荡，如果我移动
身后的空气，就会
形成一条新鲜干燥的通道

在北方可不是这样
没有水珠，秋天的空气透明着
逝去的事物构成了它们
沙漠边曾经的国家，李白失传的小诗
都被吹起，在广袤的原野上

即使我奔跑，也不能
在身后形成短暂的空洞
密集的荒芜围绕着我们，仿佛
无边无际的编织之物
每当想到这里，我都会惊奇无比

乘马爬犁驶向禾木附近山坡

2011
12.13

只有在这里，寂寥才是看得见的
它有着一棵树的形状
但是没有叶子，像盛开的铁丝
当大地运行，它们深深划伤着
天空巨大的琥珀

只有在这里，寂寥才是液体的
它有着一滴眼泪的温度
当我的眼眶四周全是积雪
当我在自己的局限里
为眼前的辽阔突然战栗
而道路，已转向另外一边
像飞机向上昂起，分开空气

时光吟

2012
01.06

时光呈放射形，它在容纳
越来越多的事物
而我，走动在它很小的局部
宇宙与之类似，浩渺无边地扩大着
而我深陷于其中一个星球

只有在夜深人静
我渺小的心，放下整个时间和宇宙
并把它们仔细比较
多数时候，我深陷于针尖大的生活
阅读，上下班的轨道交错
我深陷于母亲的病情，儿子
对事物的全新看法

又一次，我错过了看流星
那是宇宙演绎时间的轨迹
在这个蓝色星球的局部，我陷得那么深
我要经过多少次出生
多少次死亡，才能真正离开它

湖畔偶得

夜晚之鱼挣脱了，鳞片散落天边

湖水若有所得，疼痛的小词

终于有一个斑斓的尾巴

垂柳袖着手，保持古代姿势

而它看不见的根系，展开潮湿的幻想画

时候还早，幼蝉在地下三尺闭目吮吸，

不问昼夜

还需历经数年，它们才凑齐一套翅膀和云曲

柳啊蝉啊顺从于冬的沉默夏的疯狂

不知自己也是钟表的一部分

时光转动，风起了，我走过湖堤一如当年

身体似扁舟，我仍爱它人世间的起伏飘荡

时有靠岸之心，时有银辉满舱

雨林笔记

2012
02.20

就像边缘磨损的书

我喜欢无人光顾的小溪，林中空地

喜欢它无穷的闲笔

我喜欢树林像溪水一样经过我

喜欢阳光下，身体发出果肉的气息

我喜欢突如其来的电闪雷鸣

也喜欢雨后，群峰寂静无声

熟悉花朵仿佛旧友重逢

冷僻物种犹如深奥文字

我读得很慢，时光因为无用而令人欣喜

笑忘书

我们之间隔着时间，就像
早晨和正午之间，隔着突然的雨雾
来到和离开，构成同一张纸
我们是彼此的背面
中间是不着一字的空白
而撕开时，它比想象的更结实
在爱和忘却之间，这么快
竟有了如此多，疼痛的纤维

我把自己撕开了，大部分留在初夏徘徊
小部分挣扎向前
车穿过熟悉的路，熟悉的倾斜
熟悉的颠簸，我们之间隔着这么多的熟悉
就像隔着，一本迷恋过
又必须遗忘的书

我想和你虚度时光

2013
04.20

我想和你虚度时光，比如低头看鱼

比如把茶杯留在桌子上，离开

浪费它们好看的阴影

我还想连落日一起浪费，比如散步

一直消磨到星光满天

我还要浪费风起的时候

坐在走廊发呆，直到你眼中乌云

全部被吹到窗外

我已经虚度了世界，它经过我

疲倦，又像从未被爱过

但是明天我还要这样，虚度

满目的花草，生活应该像它们一样美好

一样无意义，像被虚度的电影

那些绝望的爱和赴死

为我们带来短暂的沉默

我想和你互相浪费

一起虚度短的沉默，长的无意义

一起消磨精致而苍老的宇宙

比如靠在栏杆上，低头看水的镜子

直到所有被虚度的事物

在我们身后，长出薄薄的翅膀

那些未能说出的

夏天，写过最炽热的段落
冬天，逗留在它沉闷的尾声
我在一个词和另一个词之间
犹豫，它们的距离有多远
我心中的深渊就有多深

秋天太短，短得就像一个人的转身
来不及寄出的信纸
沿街飞舞，那些未能说出的话
每一天都在重新组合
就像散步时，天空变幻的树枝

同样短的还有春天
就像一个耀眼的信封，里面
折叠炽热和犹豫
却没有任何具体的内容

多数时候，我是没写出的部分
不在信纸也不在信封里
我是信开始前，那激动的空白
我是诉说的喧哗下面
河床的深深沉默

交谈

2013
06.22

在这个美好的夜晚，我想

谈笑料般的往事，有污迹的旧信

溅满当年的泥泞，我想谈被删去的傍晚

无数齿轮曾在空气中激烈地转动

我想谈那些没能治愈的时间

久未拜访的破旧小屋

通往昔日的崎岖小路，现在星斗满天

还有机会，它们渴望着

被我们重新雕刻一遍

湖畔

湖水发呆，它有无穷多件冰凉的衣服
蓝天发呆，它想合上纤长的睫毛
空气发呆，它露出了宣纸的质地

我在思考这是怎么回事
无缘无故，一粒种子在豆荚中战栗
它也一半是疯狂，一半是银河的寂寥?

我在思考这是怎么一回事
我本来是经过树林的光线
无缘无故，却突然有了中年的肉身

花地

2013
/06.26

微风起，远处一层碎银
傍晚很美，只是无需描述，也无从收拾
世界沿着湖面，缓慢地折叠时间
不考虑我们是否悲伤，也不考虑
我们是否正走过坡顶，逗留于那片好看的花地

落日赋

像最后一刻那样呼吸
空气，战栗如薄薄的黄金
像最后一天那样凝视
落日沉重地落进眼眶

像回忆一样散步
像诀别一样地爱你
所有的时间，叠印着你的影子
仿佛不断冰结的水晶

因为每天，我都经历一次死亡
每天，我只是有可能
和朝阳一起再次出生
我回来，仿佛是为了那些茶叙
它们如此之美，经得起奇迹般的相逢
经得起轮回般的生死

深蓝色

2014
02.16

我平躺着时，是白色的
对折过来时是蓝色的

奔跑的时候，颜色无法确定
就像一场雨
只看得到飞溅的水珠

但是如果我对折过
再平躺，我就是灰色的啦

春天回来时
我连灰色都不再是
泳池的边缘仿佛分界线——
水那边是湖蓝色
我这边是深蓝色

就是这样，世上又多了一个
折痕很深的人

171

给

风还在徒劳地吹着我

我不是单独的，我属于一个类型——

狂热的心，羞涩的笔

生不逢时的身体

它们在一张纸上彻夜辗转

在一本书中熟睡

必定在另一本里醒来

时光的尾巴拖过

我用迷茫，爱你的清醒

用距离，爱你的漫不经心

直到这些爱沉睡成纤维

由你重新编织

你的清醒是美的，漫不经心是美的

编织也是美的

当然，也是徒劳的

曾经我通过接纳你

接纳这个世界

如今，我尝试通过原谅你

来原谅那些风，原谅

那些辗转反侧

小路

我熟悉它的开始和尽头
也熟悉中间的分岔和转弯
我还知道，先是迎春
接着是蒲儿根，然后是棣棠
黄色的花朵就像从未凋谢
只是在它们之间传递

每次传递，都会发生奇异的变化
它就像铅笔勾出的轮廓
被一再推敲、涂改
我记得它的所有版本的画稿
都很安静，有着平庸的美

我想走得慢些，再慢些
再一次历经开始、分岔和尽头
让我在迎春、蒲儿根和棣棠
之间变化、旅行
让我呼吸虚空中的线条，带着欢喜
一想到我也会死亡
世间的万物立即焕然一新

栅栏的另一边

2014
06.16

我喜欢在湖边写诗
每一个词，都有潮湿的出处

仿佛站成一排的水鸟
它们看得见，从唐朝荡过来的秋千

我爱它们的古老出处
相信我的出处，同样古老

我爱这些古老楼梯，旋转
构成包围着我的庸常时光

这一生，是读旧了的剧本
这一年，只有衰老略有新意

它们来了，我伸出了手
中间隔着我的身体，这古老的栅栏

少数花园

空调弯曲的管道
吸着空气中的金属
吉他的金属，阅读者的金属

道路发着光亮，在书架的上方
在整个房间里穿梭
这幢昔日的车间，让经过它的时光
变得弯曲

一对恋人深陷在一本摊开的书里
一个老人跟着乐队飘浮到空中

我们的一生每打开一次
记忆就增加一个簧片
多数时间，它们不是被弹响
而是被悄悄拧紧

这该是多带劲的事，我们一起阅读
一起弯曲，一起
在万物中放下我们拧紧的闹钟

你错过的全在这里

你错过的全在这里
一本翻开的旧书中，百合开花了
鱼鳞云涂抹城市

绿皮火车还在缓缓行驶
月份紧挨着，摇晃着，行驶
但已不载着你

读吧，你错过的地方
错过的人，都成了诗篇
它们行驶着，但已不载着你

读吧，你错过的时间里
万物繁殖，它们仿佛依循某个使命
绝望和你无关，迷恋也和你无关

而你，只是暮春里一个迟到的人
狐疑地读着，不知为何
错过本该如此有趣的命运

对湖

一个坐在湖边的人
这世上，还有什么能让他羡慕

芦苇像他曾经的生活
规矩而仔细的仿宋，风一吹
成了凌乱难堪的草书

湖水也像他曾经的生活
一排排玻璃房子，摇晃着
这么多年了，他住过的每一间
仍在黑暗中莫名战栗

就这样吧，他微笑着说
像是自言自语

一座废墟夕阳中镀金
仅仅一个傍晚
他便放下了万顷芦苇和湖水

水榭小驻

2015
/ 06.15

往事安静了，众多小路空无一人
湖岸逶迤而去
起伏有如平生那些未解之谜

原来心可以是风雨海峡
也可以天高云淡，水波不兴

这一生无所惭愧
也随鸟翔，也任鱼游
经年的淤泥，也有肥大的藕开出新花

这一生无所失败
众人鸟影掠过，不着痕迹
而你的名字如一艘沉船
压着镜子里的无边银色

我与湖

湖已经停下，我还在翻卷浪花
湖已经宁静，我还在涟漪阵阵
湖笑完，推开了岸
我爱过，多少年了，还在原地

湖做着梦，梦见自己成了玻璃
冬天，它就真的成了玻璃
而我，依靠推开创口——这唯一的窗
才能清醒地来到新的一天

湖大也圆满，小也圆满
而我奔走在尘世
满腔的湖水多余、疼痛
不知何时能倾泻而出

给

生活越枯燥，越有机会
看到一本书里的繁花
一个人读到海阔天空
遂依稀想起，我也曾
在另一个星球放牧过羊群

雨停了，窗外的桃树
在自己的果实里打坐

唉，历经多少朝代
我们仍深陷在
各自甜蜜的牢笼中

181

磨坊

偶尔的小混乱自找的，不值得收拾
偶尔的表白太平庸，
不值得提到你的名字

你喜欢在一条支流边住下，
它已经足够热闹
我开始习惯当一株强壮杂草，
开计划外的野花

你只顾埋头读书，
多年的闪电被悄悄捆起
我写到午夜，
一身的锋刃像河水的反光

我们急切地沿着大街各奔前程
又更急切地抄小路回来，
奇怪的剧本

我用自己的群山，
平衡窗外的市井
你哑然一笑，

整个房间充满矛盾之美

偶尔，我们一起回顾爱，
那巨大的磨坊
永不停止的旋转，以及，
身体被碾碎时的麦香

撤退

我从酒局撤退，含着一口海水
我从花园撤退，倒拖着蜜蜂的刺

从词典中撤退，带一个遮脸用的偏旁
从爱情里撤退，带着很多错别字

我想从一张地图上撤退，飞机说
苍蝇飞三圈，发现回去才是真勇敢

我想从一场大病中撤退，医生说
慢点，慢点，你全身都还在抽丝

从前半生撤退，我居然什么也没来得及带
从这个下午撤退，刚起身，就被傍晚退回原地

如果

如果，还爱着热气腾腾的早晨
我就是有救的，被日常生活所救

提着早点，路过一个羞耻着的人
我是有救的，就像路过一座晨光中的教堂

微粒之心

一粒朝露，有没有泥土的咸？
一缕轻烟，有没有大地的重？
一首短诗，有没有心的不甘？

早已顺从尘埃般的生存
像扬起的微粒，满载自己的宿命
万物循环，我们知道结局，却又永不心甘……

夜读

2015 / 08.08

我喜欢的短诗，会越读越长
每次旅行，我增加着它的留白
每一年，我代替它枯木逢春
爱过的列车，送走的人
朗诵时和他们撞个满怀

终于，夜深时一个人不敢再读
我怕在夏夜里读到漫天大雪
它突然变空，就像人生越读越短
生活到已无需生活，窗外一片银色
那么美，仿佛世界的尽头

命有繁花

夜读"红楼"，市声如织，徘徊一场旧梦
隔一条街，曹氏还在消遣心中那块顽石
一个人从深渊回到世上
他带回的涟漪，其实仍旧是无用的

棋局中奔跑的卒，只看得见前面的楚河
孤独终老的人，忘了自己也曾命有繁花
新的一天，我们还得握紧绳子，
缓缓放下竹篮
时代的，小说的，曹氏的涟漪，
在空中挣扎了一下
都回到了之前的漆黑中

傍晚的剧场

2015
09.22

傍晚，剧场亮了，像一个港口
收容鱼贯而入的道路
形形色色的船只，暮色重重
幻想有个地方可短暂卸下

于是海浪被临时修整，一排排台阶
我们发现到了另一个海底
或许，是自己未曾发现的地下室
人性中的某一层，漆黑着
可以轻手轻脚，往下逐渐靠近

这和计划有些出入，本来
是想用一个剧本来忘记什么
本来是想在剧中昏睡
梦见失踪已久的生活
就象读"红楼"，每个人各取所需
灯下各自抱得美人归

结果，我们到了另一个大海
经历别的汹涌和危险
全场安静，但每个人都在挣扎

189

同一束光照亮各不相同的舞台

有人在忍住咳嗽，真实

呛醒了多少虚幻的人，多好的时代啊

但每一个人都是羞耻的

南山

2016
01.24

顺着那些小路，南山
有时下来看看我
空气潮湿，紫藤突然黄叶纷飞
我笑了，仍然低头干活
"桌上有一杯好酒"
看过我的南山，没有回到以前的位置
不易察觉的偏差，记录了它的一次旅行

终生误

从纸上拉起一片湖水

或者，在一首诗里放下你的倒影

一部剧，一张虚空中的网

拽着不同时代的失意人

让我们跃出苦涩的湖水吧

经历又一次重逢、相爱和失之交臂

我在这厢徘徊，心头强按下水中月

你在那厢惊醒，镜中开满繁花

生活，折叠我们只有一次

而它的错过反复消磨着我们

一个人是另一个人的仙境

也可能是另一个人的寒庙

而一部剧是一个时代的后院

一个名字是一群人的突然缄默

这无限折叠的人生，无数朝代里的活着

我多么恐惧着，身边突然的加速度——

一曲唱罢满头新雪，而你，

仍旧宠着我的喋喋不休

"再讲一次吧，从满头新雪开始往回讲

我迷上这倒叙的爱，爱着你倒叙的一生"

有业

2016
02.18

昨晚老做荒凉的梦
师傅说，山下西南十里有妖
须无业之人斩之

剑太重，我拖着它疾驰
划破了很多道路

你斩不了我，那妖低头只顾喝酒
你是有业之人
来的路上，伤了很多无辜

奔跑的路突然止步
所以，你是回睡觉的身体里
还是坐下来和我喝一杯？

早起何为

早起何为，扫地看花
用今天的扫帚扫昨天的地
用古人的扫帚，扫我无用的一生
用一个时辰，从翻开的书
扫出去，一直扫到海角天涯
它弹回来时，消失于无形
原来我无所持握，只是在低头看花——
清晨的花是诗人
黄昏的花是禅师

秋风里的刻度

2016
03.02

白纸，刚出生的婴儿
总是会让我微微眯眼——
未经世间涂抹的事物
仿佛某种强烈的光线
而墓碑，不管立于衰草还是鲜花中
更像是一本书的封底
仿佛意犹未尽，但是无从阅读
唯一确信的是，一切发生的
都在白纸上同时写下
世间以它的尺度，丈量着他
他也以自己的尺度，丈量着世间
我们的肉体免于无用
万物何曾不朽，只是秋风里的刻度

过张北镇

一生中，至少须两次过张北

一次你是帝王

马蹄搅乱了白云和黄沙

白云落在坝上，还原成羊群

黄沙落回河北，还原成村落

还要把大风，顺手系在那棵皂角树上

整个青春里，你都听到它的嘶鸣

另一次，你只是一个心碎的人

前面再美的草原也救不了你

你低着头，弯着腰

路也低着头，弯着腰

所有奔赴着的事物，只是强忍着

没有回头

给

2016
04.02

这神秘的方程式已经结束
它并不完美，但似乎是对的

好吧，我把马留在这个故事里，只身向前
再没有一个名字可以淹没我，这也是对的

春天，不过是一场拉锯
宿命有着冬天的锯齿，
我有着夏天的锯齿

曾经，你是我的好天气，也是我的坏天气
但终究结束了，唉，
一个人的失败竟然如此之美

良宵引

你读到爱时，爱已经不在
你读到春天，我已落叶纷飞

一个人的阅读，和另一个人的书写
有时隔着一杯茶，有时，隔着生死

我喜欢删节后的自我，很多人爱着，
我剪下的枝条
直到，奇迹出现了，你用阅读追上了我

你读到一粒沙的沉默
而我，置身于它里面的惊涛骇浪中

蒲团

2016
04.21

在黄家坝河滩上捡石头

我选那种又平又薄的，还都不鲜艳

它们排成一列，一个低调的家族

这个上面放茶杯，那个适合多肉小盆

所有我的日常，都因为它们

升高了一些，尊贵了一些

还要去捡更多的，我说

好像我这个短暂的肉身

可以无穷尽地拥有这些万古之物

让我千疮百孔的生活

随时可以升高一些，尊贵一些

多像一排小小的蒲团啊

这么想着不由一惊

还好，它们是坐不破的

我害怕坐破蒲团，害怕

从这漫长挣扎的一生中突然醒来

还山

年轻时，遇到喜欢的山
我会带着它到处行走，带一座山
去拜访另一座山，像带着长江去拜访黄河

黄河有时云游未归，唯有河床
山有时也不在，留下我们在山门探头探脑
我们无所谓的，游兴不减

如今，当年的路只好重走一遍
——把它们送回原处
中年辛苦，是有很多奇怪的债要还

北屏即兴

一生中登过的山
都被我带到了这里，我昂首向天
它们也都一起昂首向天

一生中迷恋过的树
也被我带到这里，我们默契地
把闪电藏在身后

群峰之上，天马之国
可以挽狂风奔雷飞驰
也可以安坐溪谷，放下幽蓝的水潭
上面漂浮历年的落花

满山遍野的山樱上
有忍耐过无数冬天的碎银
有鹰滑过的影子

这是适合我们的国度，总有狂野之物
和我一样，友好而忍耐
但不可驯服

无尽夏

在一个遥远的早晨，我醒来
借助发黄的报纸，一封信的局部
我重新走上那条沉闷的街
每个人都悲伤着，鸟儿从他们胸膛飞走
再也没回来。我就应该在那里
每个人都互相隔着铁丝网
在那无穷尽的夏天，我想偷偷渡过河去
一个人想代替电影里的所有人，去死
但是什么也没发生，多少年了
夏天还在，铁丝网还在，我的继续活着
让身边的一切显得多么荒谬

玛曲

我来的时候，黄河正尝试着

转人生的第一个弯

第一次顺从，还要在顺从中继续向东

这优美的曲线其实有着忍耐

也有着撕裂，另一条看不见的黄河

溢出了曲线，大地上的弯曲越谦卑

它就越无所顾忌

它流过了树梢、天空、开满马先蒿的寺庙

流过了低头走路的我

它们加起来，才是真正的黄河

可以谦卑顺从，也可以骄傲狂奔

只要它愿意，万物

不过是它奔涌的河床

谈禅之夜

野草突然向道路涌来

像人间边缘的荒芜，它们

碰到缓慢的车轮，就更缓慢地退下

气温在降低，但温度已不重要

山上一定是清凉的，特别是有寺的山

特别是藏经无数的寺

那藏书中永不融化的积雪啊

明月高悬时，我们坐于临空的楼台

听琴中的流水，看经里的群山

数不清的沼蛙，端坐在石缸周围

从荒芜中抬起头来

我们其实端坐于各自的命运中

不明生死，偶尔心有所动

拜访了很多山，但终究让自己置身度外

而荒芜依旧，渐渐地

忘了自己也是一部经书

也不再深究明月为何物

北屏乡安乐村遇雨

2016
09.01

像是什么被砍伐，木屑和枝叶倾盆而下
所有无助的，都潮湿、易碎，自暴自弃

西边的夕阳，回头看着这一切
表情很不肯定，它有一颗复杂的旧时代之心

我们踩着雨的碎片，像在一部电影的角落里走着
白天经历的，或者幻想的，沿着山路迤逦徘徊

一半成了金属粉末，一半成了飘浮的夜雾
而夜晚只是一个旋涡，缓慢旋转着还在挣扎的人们

穿过一次很小的生死，清晨，云朵像被吸到空中的枝叶
我临窗伫立，光秃秃的，像又一次失去枝叶的树干

九重山

多年后，
我仍留在那座不可攀登之山
有时溯溪而上，
有时漫步于开满醉鱼草花的山谷

它和我居住的城市混在一起，
我推开窗
有时推开的是山门，
有时是金裳凤蝶的翅膀

夜深了，半人高的荒草中，
我们还在走啊走啊
只是那个月亮，
移到了我中年的天空

几乎是我想要的生活：堂前无客，
屋后放养几座山峰
前方或有陡峭的上坡，不管了，
茶席间坐看几朵闲云

依旧是一本书中打水，

夹一本书中落叶

将老之年，水井深不可测，

每片落叶上有未尽之路

黄河边

一切就这样静静流过
云朵和村庄平躺在水面上

像一个渺小的时刻，我坐下
在无边无际的光阴里

悲伤涌上来，不由自主地
有什么经过我，流向了别处

每一个活着的都是旋涡，比如马先蒿
它们甚至带着旋转形成的尾巴

蝴蝶、云雀是多么灵巧的
我是多么笨拙的，旋涡

有一个世界在我的上面旋转，
它必须经过我
才能到达想去的地方

飞云口偶得

2016
09.16

没有准备地，突然看到这么多黄昏
而我们的黄昏不在其中

仍然是被流放的旅途，是各种黄昏交织的肉体
我们的拥抱，刚好形成彼此的喘息之所

也是没有准备地，两条完全不同的道路
穿过了同一个宿命

难道我们是彼此狭窄的入口？每次相逢
重新进入变得愈加陌生的人间

我们的爱，是彼此之间不断扩大的莽莽群山
是群山从笛孔中夺关而出的嘶嘶声

照过我的月亮，多了一些斑点
被你读过的诗，永远带着一处不显眼的缺口

南湖感怀

载着众人的船在夜空下滑行，悄无声息
低头，湖的镜子映出我心中的暮色

湖也低头，顾不上他人沧桑
一边是江河入海的催促
一边是坐而忘机，忽而天高云淡

但是它紧挽着的星辰和云，并没有放下
被裁剪时，突然的悸动并没有放下

它像那个紧锁眉头的中年人
沿堤而行，心事重重，怀抱着历年的砂石

忘却是艰难的，
仿佛十万架钢琴要沉入深渊
就像，我曾经历过的那样

嵩山之巅

2017
04.04

滑过的雪，没有滑过的雪
被宠爱过的，被侮辱过的生命
都会回来，在某个阴雨的下午
在一片萧瑟的嵩山之巅

遍地春风的时候
我还独爱这群峰之上的萧瑟
沿着四周险峻的小路
逝去之物正在汇聚

唯有萧瑟之人，才能看到它们
他走着，步履迟滞
因为昔日的滑雪板擦着头顶飞过
某对恋人，再度漫步在他的山谷中
一个下午，无数日出日落交替

唯有萧瑟之人，收容了它们
今年、去年甚至更久远的雪花
雪花一样的事物
在阴雨中，一步一步
把它们仔细推敲、衡量

给

做梦的时候，我创造了一个世界
它悬空在时间以外
写作的时候，我创造了另一个
没法独立，它镶嵌在身边世界上
就像教堂的彩绘玻璃
允许别处的光透进来。剩下的时间
我才断断续续地存在于这个世界
我们的相爱程度
决定了我和它互涉的深浅

容器

2017
06.01

只有从未离开故乡的人

才会真正失去它

十六岁时，我离开武胜

毎次回来，都会震惊于

又一处景物的消失：

山岗、树林、溪流

这里应该有一座桥，下面是水库

这里应该是台阶，落满青冈叶

在陌生的街道，一步一停

我偏执地丈量着

那些已不存在的事物

仿佛自己是一张美丽的旧地图

仿佛只有在我这里

故乡才是完整的，它们不是消失

只是收纳到我的某个角落

而我，是故乡的最后一只容器

川续断

如此沉重的头颅
如此纤弱的身体

清晨，还要挂满露水，再挂满蝴蝶
黄昏，还要加些盛年，再加些暮年

它微微摇晃了一下，又努力站稳
还能如何，谁不是站在时间的悬崖上

又一次，在如此渺小的容器里
宇宙放下自己的倒影

又一年，它们复杂而甜蜜的齿轮
在黑暗中运转，朝着不可预测的未来

世界或许正由此进化，永不停息，
有时凭助它们的奇特思考
有时，凭助它们突然遭遇的阵阵晕眩

无花果

2017
06.06

这肯定是疼痛的，也是漫长的
把大地缓慢地卷成一个果实
它一个春天，需要几十万年的缓慢

像一张地图
把北京、上海、乌鲁木齐、三亚
卷起，这些多汁的籽终于挨在一起

佢是怎么能紧紧抓住所有的
特别是春风四起的时候
在我的惊呼中，有一个省正快速滑向你

这肯定是疼痛的
是几乎不可能的，如何能把一场暴雨卷起
如何能……唉，那青春里的泥泞

肯定需要几十万年，才能把星辰
缓慢地卷在一起
夜空，这张不再发光的旧桌布

多少道路，会在这个过程中折断？

我这年久失修的桥，
承受着无数悲愤的自己
就像承受着无数飞驰的货车

终于，没有花了，也没有日出日落
一切都卷到里面，包括我们的一切
眼前，没有了世界，只有世界的背影

西樵山上小坐

2017
/06.07

车停了，一群樵夫从假苹婆树下走过
砍伐自己多年，他们已略有倦意
现在景致正好，天下无需照顾
观音放下全身的铜，低头看自己的手印
思忖百年的书生，三三两两回到地上
我们心里是否仍有空地，放得下一个茶桌
万事沸腾，终究半凉
这无边空蒙，正好收进一盏茶里

庆云寺

一个终于穿过蝶群的人，在寺院里踱步
半生收集的斑斓经书，想在这里偷偷放下

钟声起了，从里往外，
今天有异样的笨重
一圈游客，一圈建筑，一圈林木，
都在暮色中摇晃

黄袍僧人若无其事，安静扫着台阶
他扫右边，春风扫左边

借过，借过，憨山大师抱病上山，
有如抱一堆未读完的书
我侧身而立，恍然间，
两个时代共用同一条山道

不敢妨碍他回到那口钟里，
也不敢叫醒游客、建筑、林木
他们像佛珠，
都在他的手指间安静转动

地球也在转动，围绕着他的轴线，还是我的？
蝴蝶乱飞，难道我们还消磨了同一个白昼？

还是下山吧，我也有很多未读完的书
春风里，我挽着山间潮湿的黄昏。
他走左边，我走右边

挽着黄昏的很多层台阶，很多层钟声
它足够美，只是带着一点顽固的药味

木叶

弯曲着，轻轻含在口里
你听到的不仅仅是香叶树的声带

坡上的玉米叶，沟里的火棘叶
高山湿地的无边际草叶
都交出了自己苦涩的声带

一片树叶和一个人的相遇
如此逼仄，也如此辽阔

云贵高原以最后的延展之势
俯冲下来，穿过他
并把沙哑的部分，留在他的声带上

忆西湖

2017
08.27

还记得，骑着自行车
从漫天黄叶的灵隐寺下山
我们张开双臂，那一瞬间
倾斜着的西湖
像一个微微发光的漏斗

很多年了，不再骑自行车，
也很少张开双臂，只是默默喂养着
用经历过的倾斜群山和城市
用那些追悔莫及的时刻

又一次，在西湖边坐下
我们聊天，辨认彼此的锈蚀
谈论到各自喂养的小湖
一切突然安静，就像
有什么重新穿过我们
悄无声息地回到湖水之中

丽江

没有深思，甚至没喝一杯咖啡的一天
就这样结束了。还好，天空很蓝

这里的人间太浅，一不小心
我又露出了自己的刺

瓦上开满低矮黄花，溪里晃动修长水草
古城为所有事物准备了尺度，包括我

只是一天太短，那么多悬空之人
我来不及，给他们准备好下来的梯子

每一天都过得不像自己，但加起来
还真是我们的一生。在哪里，也没人例外

菩提树

2017
10.23

它照顾着一座空山的寂静
一边接纳我，一边安抚被我打扰的一切
其实我来了，山也仍然空着
万物终会重归寂静
两种寂静的差异
让它结出了新的菩提

偶遇

医生的快艇，

像一把手术刀划开水面

在被麻醉了的亚马孙河域，在黑夜

另一个我，

是身体里的万年沉船

我穷其一生无法找到，

他真的行吗？

探照灯扫射着水下的车间

它们建造在那里也有万年之久

他将困于那里，

还是找到昏迷的工人们

让流水线继续为我运转

幸运的是，他精疲力竭地上岸了

他回到了手术室，回到了同事中间

"好险，一个快要崩溃的大海

被我重新缝回你的身体里。"

我们碰了下杯，彼此祝福
假装一切圆满，没有任何被忽略了的细节

巫山红叶颂

这是严峻的时刻，隆冬将至

一切甜蜜的须加速腐败

这是爱的终点，是结束回忆的时刻

是放手的时刻，让江水落回河道

大地落回地平线以下

一切虚构在空中的，终将烟消云散

轮到你了，没有人能绝处逢生

所以，这不是为爱揉红的眼睛

不是朝阳，不是深夜的炉火

只有严峻的时刻，只有万物寂静

只有突然的陡峭，只有用到最后的人生

这是无声的红疼痛的红

在世上辗转万年，滚烫的诀别的红

这是天地最后的慈祥

为你，也为坡上就要冻僵的蚁虫

为下个轮回，巫山展开了十万件耀眼的袈裟

给

听起来不可思议，我真的迷恋着
一枝玫瑰有刺的部分
我还依赖，你的缺点发出微光
把整个人慢慢照亮
我喜欢一根铜线里的黑暗
黑暗到足以藏好全身的火花
我爱这温柔又残酷的人间
爱那些失败者的永不认命
我爱废墟，爱有漏洞的真理
我甚至爱我们的失之交臂
因为，它包含着上述的一切
此生的永不再见，不像结局
在茫茫无边的轮回中，更像
我们故事的序曲

227

想起洛杉矶的一个傍晚

即使日落大道
也不拥有所有人的日落

比如我的，夕阳
只不过给手中的咖啡
盘旋在心里的
和世界之间的隔离感
耐心地勾上金边

比如，西木区的一位女作家
只有公寓楼的居室
为她灯火通明地安静了三天

窗外，几只鸟低声聊天
其中一只沉默的名叫张爱玲
其他鸟不知道
它自己也不知道

陈子昂读书台

2018
03.24

我们写作的时候
是什么，在经过我们？

我们活着的时候
是什么，在经过我们？

一个时代枯萎了，或许
不是枯萎，只是经过了我们

宇宙中那永恒的电流
有时以屈原之名，有时以李白之名

这个被选中的下午，这些
被电流选中的书写之手

沿着台阶徐徐而上
他们都是他没见到的来者

胭脂岭，和张新泉先生一起遇蛇

从草丛里探出头来
像一首充满杀机的诗，这是它的时候
锋利的词已在身体里全部醒来

迂回行进，用一连串的错误
创造惊悚的曲线之美
永远不正确，正是它的天赋

我们与造物之间的紧张
创造了自由、黑暗的它？
或者，物种必定自带神秘的道路？

它移动，像是在复印自己
从一个环节中拉出无限的环节
啊，那每节的停顿，那每节之间的深渊

春色在这座山上已经过度
春色在移动的小火车上已经过度
而我们，并不是它挑中的乘客

所以，草丛中必定有我们忽略的铁轨

书架上必定有我们忽略的草丛
年龄中必定有我们忽略的车站

枝条的弧线，河流的缓缓转弯
宿命用自己的语法和写作技巧
不断创造我们一生中的倾斜

在众多的朗诵中，只有极少数
有着那威胁性的嘶嘶声、后退的山坡
草丛中突然的移动

禅房习字图

毫无准备地，整个尘世
突然悬挂在他手腕上
禅房微微颤动了一下

那些从墨，从漆黑的空虚中
提起来的笔画
那些不甘心的骨头
终究要被重新按回纸上

爱过它们的人
早已渡过了银河
而我们仍旧滞留此间

他写啊写啊，走失百年的羊
一只又一只
跌跌撞撞地回来

一刀宣纸
可作汉字隔世的羊圈？

同样在滞留中

墨的孤独

拥抱着纸的孤独

而我们的孤独各自不同

他放下笔

低下来的天空触及远山

此刻之外，人间恍若茫茫留白

油松的旅行

出发的前夜，我舍不得合上
一本画册，它翻开着
像栅栏被意外打开，从宾馆的台灯下
那些油松开始了狂奔

这繁星下的一夜啊
沁水两岸，全是疾行的巨人
我们到达前，它们终于回到
灵空山的悬崖之上
满头大汗，浑身枝条空空

多么熟悉的旅行，无数次
从那些翻开的诗集中
我低着头出来，从乌鲁木齐
从哈尔滨，由北向南，昼夜不停
就是这样的过程中
我丢失了自己的松果

群峰之上

获得一座山的方式有两种：
在它空出来的地方喝茶
或者徒步登高，和它一起盘旋而上

两种方式，得到的山并不相同
造成的后果也大相径庭
想到这里，一切已经来不及
无意间我已在群峰之上

透过云团的缝隙
我们繁忙的日常，在山脚围绕
像迷雾重重，又像万丈深渊

2018
/10.31

海上日落

宇宙中这辆孤独的马车

再次来到这个时刻，告别的时刻

被它镀亮的大地和海洋

心有不甘的我们

都将留在巨大的阴影里

我们燃烧的部分

我们的发芽、生长和开花

我们的奔跑、欢笑

都来自它

我们的哭泣、黑暗

来自转过身来的自己

不是，我们不是反光

而是它通红的碎片

历经千万年的冷却和锤炼

仍然不知

燃烧的意义，发芽的意义

哭泣的意义

实验室的下午茶

2018 / 11.27

如何把半座图书馆放进一个人的右脑
如何把一艘潜水艇放进一个胶囊

这个坐在实验室里的人，茫茫宇宙里的微粒
他的每次思考，都动用了万千齿轮、无边闪电

把一个汉字拆开，会露出楚辞、宋词和前朝的碎片
而且，它永远也装不回去了

每一次思考，都有些事物变成了铁锈
每一次回忆，都重写了历史

如何穿过一个人的幽深车间
如何穿过一个人的万顷波涛

人啊人，生命犹如这个星球最后的天书
而构成他的一切，都在生锈，都在重写

如何打开那些门，如何修好传送带
太难了，像把一部科幻电影放进身体

237

它们开始工作了，在你的城市
它们打开探照灯，在你迷雾重重的水域

没有任何航行，能如此重要，像判决
没有任何航行，能如此重要，像拯救

在航行中，我们屏住了呼吸，
仿佛快到数学的尽头
物质的尽头，仿佛，
前面悬挂着上帝隐藏的闹钟

兰州，又见黄河

2019
01.08

在玛曲分手
我悠悠东去，黄河急急向西
分开得越久，我的荒凉就越明显

想起在迭部见到的一位老人
他推开院门，低头良久
他试图扶起翻倒在地的椅子

我们做的所有事情都像是在哭泣……
在玛曲走得急急的
在彩陶上走得缓缓的黄河啊

我们重逢在兰州
已是三年之后
整整三年，一圈又一圈
黄河不过是在一颗百合里盘旋

足够了，时间足够了
它向西再向东的绕行之苦
它困在一个物种里的
走投无路的甜

在彩陶上生锈
在百合里转圈的黄河啊

那一层又一层黄土
终于穿上身了
你不是白塔山
就是皋兰山

足够了，我们的开花够了
哭泣也够了
不如让水车去继续

周而复始
替我们打永远打不完的水
又把一生又一生倾倒而出

菜花谣

2019
02.23

成千上万的梯子，从我们渺小的自我中
抽了出来，在蓝天下越升越高

一年一度的攀登，每一步都是荆棘
每一步都危险，而且无法回头

陡峭的坡度，语言中的歧途
几乎无法驾驭的本能

而数以亿计的铜钟，摇摇晃晃
自我们背负，要挂到毕生所能企及的地方

一年一度的轮回，这永恒的潮汐
盛大而又茫然的金黄

一年一度的枯荣，生命金蝉脱壳，死而后生
我们的爱微不足道，恨也如此

像一个不断传递的谜
像一个不断翻滚的虚构之物

云贵高原上，

数以亿计的铜钟如期轰鸣

万物依旧沉默如初

树之忆

电瓶车沿着阿依河缓缓而行
有两种漩涡摩擦着我们

一种是水里流动着的酒窝
一种盘旋在空中，像被什么突然定住

太美了，那是榕树的沧桑杰作
用它们的根回忆着流水

它毫无顾忌，用倾斜回忆狂风
用浑身的苔衣回忆雨季

还是树好啊，可以什么都不管
全身心沉浸在昔日的一个漩涡中

高高低低的经历，都是对的，都是美的
它怀抱所有挽留过的流水

不用叮嘱自己，够了，放下吧
也不用担心咫尺之外的漫漫长夜

圣莲岛之忆

一个诗人，一个住在语言的寺庙里的人
在湖边写诗
一支荷花箭刚好穿破水面

他和它有什么不同？
不过是各自提炼着毕生的淤泥

曾经的游历教会了他们提炼的技巧
忍耐的技巧
从破旧的身体进入晨光的技巧

荷花是否记得它的太空之旅
诗人必定不知当初曾如何上岸

清晨，两个茫然不知自己出处的物种
在湖边开花
满足于眼前的精彩时刻

上苍啊，在如此卑微的生命里
继续着千万年来的沙里淘金

给

是什么时候，火车放下了铁轨
我们放下了彼此

火车还在奔跑
在风中，在丝带凤蝶的翅膀上

像我们当初那样，奔跑
在冬天的隧道里，在春天的叶脉里

曾经繁花，再转身已是百年人
我们之间，有一个消失了的楼兰

汨罗江边的屈原

乌云密布，一个读懂了万千雷霆的人
还能有什么别的命运

楚国已到尽头，雷鸣声中
十万伏电流正经过他

也许不止从天而降的不测
还有十万山鬼，十万少司命

借过，借过，十万横世之水
曾经的日月星辰，也要经过他重回九天

汨罗江就是在那一刻变轻的
它跃起，扑向他，成为他的一条支流

洞庭湖之诗 2019 / 06.07

雨后，有人按住洞庭湖抽它的丝线
那些沉没多年的，由此重回人间

我说的是写作，借一场电闪雷鸣
按住自己的肉身，但是我们还有值得抽取的吗

伟大的事物早已远行
像无形之龙，挣脱湖水的囚禁

汹涌着的我们，是它放弃的幽暗波涛
沉默着的我们，是它脱在岸边的一对靴子

东湖

更深处的黑暗蓬松着，
像隐约的树枝
正是它们让湖水富有质感

仿佛划出了一条界线，
我们只是水汽
只是反光，永远被排除在湖面之外

惊讶于它的沉默，它的无动于衷
我爱的人间如此复杂、
甜美而又尘土飞扬

整个下午，我在湖边散步
整个下午，我卡在两个世界的缝隙里

会不会有别的人，
看到我眼睛后面的树枝？
会不会有别的时代，
被我永远排除在外？

有好几次，它们因我突然变得安静

像两部轰鸣的汽车，

用上了同一个消音器

毛边书，或缙云寺闻《九溪漫步》

午睡，在一本喜欢的书中
我拥有的空地边缘全是灌木
就像这本书，边缘全是毛边

九条溪水经过
就像九种命运，要在此刻经过我
只有一条突然欠起身来

它认出了我，缓缓地围着我旋转
以深山里的方式打量我
辨认着我身上的深潭和飞瀑

很久，它才离开
继续自己的旅行，惊讶于
我的木讷，我的无动于衷

我的木讷，是另外一种老泪滂沱
甚至更老，更滂沱
我已经有了
这么多的不敢相认

埃，每一次相认
都让我们各自的旅程中断
像这条溪水，退出这本书
退出空地，退出灌木
回到各自挣扎已久的宿命中

给

我记得，就在这棵树下
我们讨论过未来

那一句被打断的话
重新想起来时，已经满头白发

在我们之间，还有很多事物
来不及衡量，或者测量

你说，我在你脸上看到一座空山
但是无路可循

是的，无路可循，岂止一座山
这棵树下的所有已无路可循

它像一个抬腕看表的人
只不过，使用的是另一种时间

就像我路过它，你用日记写到它
而我们已经不在同一个钟表里

不确定的我

2020 / 01.14

每次醒来，都有着短暂的空白
身体在耐心等待着我回来
从世界上最遥远的地方
从虚空，从另一个身体里回来
有时神清气爽，从某座花园起身
有时疲惫，刚结束千里奔赴
这个我，这个不确定的我
在两个身体间辗转
像篱笆上的小鸟
从一个树桩，跃向另一个

给

一定有神秘的事物

构成了我，或者你和他

我们一起困在人类的身体里

一定有神秘的事物

构成了女性，或者男性

并和她（他）一起困在性别中

一定有神秘的事物

和你一起，困在宇宙的这个角落

困在此时此刻，不是上一秒

也不是下一秒

当你缓缓地转过脸来

惊讶地看着我，一定有神秘的事物

也在缓缓地转过脸来

啊，这原子、分子构成的建筑

无数细胞和链条构成的熔炉

一定有神秘的事物

困在如此美丽、复杂的牢笼中

而且在挣扎，在燃烧

当你眼睛突然发亮

看着我，并露出微笑

好吧，我们聊聊蝴蝶

蝴蝶是唯美的，比其他所有事物更唯美

还是抽象的，它拥有的肉身

似乎不属于这个世界

爱蝴蝶的人，其实只爱挂满露珠的蝴蝶

翩跹于花朵间的蝴蝶

由此确认，自己也是唯美的

这双重的误会是多么深啊

吸食甲虫尸体、肮脏泥土的蝴蝶

难道不是蝴蝶

在污浊里发现的真理

难道低于花蕊中披露的真理

在黑暗里坚持着的美

难道逊于光芒中闪耀着的美

难道真有毫无价值的生活

难道没有广袤星空

隐藏于我们不堪的日常

我爱蝴蝶，它们看不见

鲜花与污泥之间的鸿沟

而人们却被一分为二

终生不相往来

寻茶记

一棵茶树的落日
一辆路过它的公共汽车的落日，有什么不同？

这个熟睡的人，他的时间
和他手机显示的时间，有什么不同？

是我们共同之处，还是互相警惕着的不同
雕刻出这一个具体的自我

相信有更多的未知
不能改变的是，
我和所有事物保持着时差

在不断下沉的茶席
我回到了曾经的上升和停顿

一杯茶把我们暂时挽留，
它是苦涩，也是甜美
是昔日的遗书，也是情书

双河客栈饮茶记

可以北坡种菊，也可以南坡放养顽石
可以西门下山，也可以东门直上青天

借两条山道，不看繁花，只看满头霜雪
借三天艳阳，不晒新谷，只晒一腹闲书

我有悬壶，只装白云不装酒
我有鱼竿，只钓自己不钓你

哪有茶，明明是十万沉舟重逢春水
哪有蝶，明明是一片枯叶迷失此生

题晶花洞

唉，这千杯难销的万古愁啊

美有何用
落日有何用
我们全身的火花有何用

把花放在没有春天的地底下
把鱼放在没有波涛的岩石里
把马放在没有草原的大地
把我放在没有你的世界

黄葛古道遇雨

2020
09.20

石板路径直向上，仿佛长颈鹿优美的脖子
它骄傲的头，向上，再向上，唯有孤峰相望

多数时候，深陷于日常悲喜的我们
是否还有值得举上云端之物？

和我无数次互相丈量，现在如此沉默
像一棵终于扔掉枝叶的黄葛树

像我们，路过青春，再路过盛年
直到握着的闪电，冷却成一枝金属

像我们，困于钢筋水泥，困于车水马龙
仍总不心甘地高举着什么

在二楼坐下来，煮水壶里
有一个遥远的宋朝人在低啸

此地茶盏很重，脚下有一座瓷山
此刻茶水略苦，手上有一个悬湖

唯有此地，唯有此刻
被我们举过眉间的群山现出真身

我们微笑，转而聊无关紧要的事情
似乎，没有茫茫烟雨，
也没有一群白虎路过窗外

在合肥植物园

2020
11.08

在不该出现的地方，一簇鸡矢藤
开出了繁花
这个错误美好，甚至略有香气
年轻园艺师有点不知所措
一、二、三……
她像一个班主任
为混进教室的野孩子点名
但是荒野的数学
不在她掌握的数学中

写作多年的我
不过是一个牧羊人
在戈壁艰难穿越的羊群
在书房啃食各国青草的羊群
此刻，和我一起路过她
我们走在湖边
也走在两种数学共同形成的林荫道上

就像我率领的羊群
不在你们数过的羊里
我剪下的羊毛

既没有颜色，也没有重量
但是合肥的阳光照亮了一切
甚至照亮了我手里的
李白的剪刀，博尔赫斯的剪刀

聚龙山下饮茶记

2020
12.06

我们聊天的时候
窗外的树在移动
整个旷野在悄悄赶路

我们还在冬天
它们已走到了春天
我们还在山脚
它们已走到了山顶

这是一个无边剧场
所有沉默已久的事物
围坐在一起
中间是一朵提前开放的喇叭花
一只不肯放弃的蜜蜂

我们永不涉及的
被它们写成了秘密的剧本

"你为什么喜欢往里面钻？"
花朵问
"不知道啊，我想
是上帝喜欢这样的事情"

图书在版编目（CIP）数据

我和所有事物的时差：李元胜40年诗歌精选／李元胜
著. —桂林：广西师范大学出版社,2023.5（2023.11重印）
ISBN 978 - 7 - 5598 - 5835 - 1

Ⅰ.①我… Ⅱ.①李… Ⅲ.①诗集 - 中国 - 当代
Ⅳ.①I227

中国国家版本馆 CIP 数据核字（2023）第 046828 号

我和所有事物的时差：李元胜40年诗歌精选
WO HE SUOYOU SHIWU DE SHICHA : LIYUANSHENG 40 NIAN SHIGE JINGXUAN

出　品　人：刘广汉
责任编辑：刘　玮
助理编辑：陶阿晴
装帧设计：朱赢椿　小　羊
营销编辑：康天娥
广西师范大学出版社出版发行

（广西桂林市五里店路9号　　邮政编码：541004）
（网址：http://www.bbtpress.com）

出版人：黄轩庄
全国新华书店经销
销售热线：021 - 65200318　021 - 31260822 - 898
山东韵杰文化科技有限公司印刷
（山东省淄博市桓台县桓台大道西首　邮政编码：256401）
开本：889 mm × 1 194 mm　1/32
印张：8.5　　　　　　　字数：82 千字
2023 年 5 月第 1 版　　2023 年 11 月第 2 次印刷
定价：69.00 元

如发现印装质量问题,影响阅读,请与出版社发行部门联系调换。